Andreas Elligsen

*Auffindbar,
ungebremst auf verstaubten
Pfaden unterwegs*

Andreas Elligsen

*Auffindbar,
ungebremst auf verstaubten
Pfaden unterwegs*

Bibliografische Information der Deutschen Nationalbibliothek: Die Deutsche Nationalbibliothek verzeichnet diese Publikation in der Deutschen Nationalbibliografie; detaillierte bibliografische Daten sind im Internet über dnb.dnb.de abrufbar.

Herstellung und Verlag: BoD – Books on Demand, Norderstedt

ISBN: 978-3-7534-6140-3

Auffindbar,
ungebremst auf verstaubten Pfaden unterwegs

„Hey. Hallo. Bitte warten Sie mal", rief eine Kontrolleurin.

Flink bog der Angerufene aus der Gepäckaufnahme kommend in den nächsten Seitengang ein. Die Kontrolleurin mit erhobener Hand hinter ihm herwinkend reckte ihren Hals vergeblich. Sie verlor ihn aus den Augen.

Ein flüchtiger Blick nach unten auf die abgewetzte Box, die er mit beiden Händen schützend vor seinem Bauch hielt als galt es einen Schatz zu behüten. Das war knapp! Oftmals passierte er mit seiner Box und einer gewissen Dreistigkeit erfolgreich die Zollkontrollen, dabei hielt er die Kiste nahe an seinem Körper. Diese unverhüllte Sichtbarkeit ließ sie in einem unauffälligen Licht erscheinen. Die Kontrolleure verzichteten, wenn sie die Kiste überhaupt wahrnahmen, auf eine Untersuchung. Die Kiste war zweifelsohne ordnungsgemäß von einem Kollegen überprüft worden, mutmaßten höchstwahrscheinlich die Kontrolleure, da er die Box so offensichtlich vor sich her trug.

Jetzt eilte er im Laufschritt durch die Ankunftshalle, wurde aber von keinem weiteren Flughafenpersonal angesprochen.

Ein kurzes zwinkern mit den Augen, die morgendliche Sonne strahlte hell und blendete Luke, als er aus dem Flughafengebäude trat. Ein fremdes Land, ein neues Abenteuer stand bevor. Ein seltener Moment – sein Expertenteam traf sich erst am nächsten Morgen. Er hatte den restlichen Tag und eine Nacht in der Stadt zur freien Verfügung. Der Bus vor ihm fuhr ins Zentrum. Er stieg ein, nicht mal ein Dutzend Passagiere saßen im Bus. Wenige Stationen später war sein Halt, mit ihm stiegen zwei Mitfahrende aus, die schematisch ihre Wege gingen.

Luke blieb erstmal stehen und sah sich um. Vereinzelt leuchteten Neonreklame-Schilder auf, ihre grell-bunten Schriftzüge wiesen auf freie Unterkünfte in den drei, vier umliegenden Hotels hin. Blinkende Lauflichter lockten in nahegelegene Spielhallen zu Glücksspielautomaten, Spieltischen und Wettbüros. Freie Auswahl für jeden, der mochte und über 21 Jahre alt war. Luke betrat ein Mittelklasse Hotel, dessen Fassade etwas in die Jahre gekommen war. Im Innern bot eine großzügige Lobby mit angrenzender Bar eine überraschende Behaglichkeit. Ein feines Tischarrangement vor einer gasbetriebenen Kaminnachbildung rundete den positiven Eindruck ab. Der Innenarchitekt überzeugte mit dem richtigen Gefühl fürs Notwendige, hatte aus dem durchaus nicht unbegrenzten Budget des Hotelbesitzers eine gefällige Empfangshalle geschaffen. Das Hotel war gut besucht. Es waren nur noch vier Zimmer und die große Suite frei. Er entschied sich für ein Doppelzimmer mit Einzelbenutzung. Meist waren die reinen Einzelzimmer kleine in die Ecke gezwängte Zimmerchen mit spärlichem Tageslicht. Der Charme einer umgebauten Abstellkammer blieb an solchen Räumlichkeiten haften. Für die eine Nacht gönnte er sich lieber ein Doppelzimmer.

Beim Ausfüllen des Anmeldeformulars registrierte er einen raffinierten Duft von frischen Regentautropfen, der sich schwebend aus dem hinteren Lobbybereich näherte, dieser umspülte sanft seinen Nacken und stieg von dort langsam hoch zum Kopf.

„Entschuldigung ich wollte nur schnell meinen Schlüssel abgeben."

Freundlich lächelnd stand eine Frau neben ihm, reichte mit der Hand ihren Zimmerschlüssel den Hotelangestellten.

„Oh, Neb-cheperu", entschlüpfte es Luke. Als er in ihre überraschten Augen blickte schob er schnell ein „schön, schön, sehr schön" hinterher.

Ihre Oberarme streiften sich kurz, sie drehte sich um und verließ den Empfangsraum. Der Angestellte nahm sein Anmeldeformular, verglich die Daten mit den Angaben im Pass und reichte ihm seinen Pass zusammen mit dem Zimmerschlüssel.

Das Zimmer lag in der zweiten Etage, er nahm direkt die Treppe, die auf der rechten Seite neben der Rezeption lag.

Sein Zimmer war modern eingerichtet mit einem Kingsize Bett, an den Seiten jeweils eine an der Wand befestigte Ablage, darüber eine Leselampe. Der Nasszellen-Bereich war funktional über eine Wand-Glas-Kombination zum Schlafbereich abgeteilt. Natürliches

Tageslicht flutete ungehindert ins Badezimmer und vergrößerte optisch den Raum, schaffte ein angenehmes Wohngefühl.

Das Zimmermädchen hatte wie hierzulande üblich die Temperatur auf Kühlschrankniveau abgesenkt. Luke öffnete das Fenster und stellte den Regler der Klimaanlage auf für ihn angenehme 21Grad Celsius ein. Die Kühlbox mit seinem kleinen Freund stellte er auf den Schreibtisch neben die Mineralwasserflasche ‚Gruß vom Hotel'. Er prüfte dabei vorsichtshalber, dass der kleine Lufteinlass, an der Unterseite der Box, offen geblieben war.

Auf der hinteren linken Ecke des Schreibtisches standen ein Wasserkocher und zwei umgedrehte Tassen auf ihren Untertellern. Das Angebot war gut aufgefüllt: zweimal Instantpulver-Kaffee, zweimal Kaffee entkoffeiniert, acht Sorten Tee überwiegend Schwarzteebeutel und diverse Zuckertütchen.

Die Dusche tat gut nach der langen Flugreise. Er hätte sich etwas mehr Wasserdruck gewünscht, aber er konnte alle Temperaturabstufungen von kalt-lauwarm-warm-heiß einstellen. Mehr brauchte er nicht. Er war zufrieden. Zuhause hatte man sich an so viele Dinge gewöhnt – erst in der Ferne erkannte man den heimatlichen Luxus. Nicht überall auf der Welt gab es die Voraussetzungen um ein perfektes Wassermanagementsystem zu installieren und zu pflegen, diesbezüglich bot sein Hotel bereits eine Menge Komfort.

Langgestreckt lag er auf dem Bett näherte sich bedenklich dem Punkt: ‚Zimmerferien. Abschalten. Liegenbleiben'. Seine ursprünglichen Pläne den freien Tag für einen Stadtbummel zu nutzen rückten in weite Ferne. In der Nähe vom Hotel lag eine kleine Parkanlage, die er hätte aufsuchen können, um sich unter die einheimischen Nachtbummler zu mischen. Kampflos ergab er sich nicht seiner Trägheit. Ein Drink an der Hotelbar sollte möglich sein und dann vielleicht frisch gestärkt hinaus in die Nacht. Wer weiß?

Einige Gäste saßen mit ihren Getränken verteilt im Bar- und Lobbybereich. Die Frau saß an der Theke. Er erkannte sie wieder. Sie hatte ihm den Rücken zugewandt. Ihr Kleid fiel leicht an ihrer Haut hinunter, jeder einzelne Wirbel ihres Rückgrats zeichnete sich weich unter dem leichten Stoff ab. Er näherte sich der Duftzone ihres Parfüms. Der Barkeeper schaute zu ihm auf.

„Was möchte der Herr bestellen?"

„Ach. Der Herr Neb", bevor er bestellen konnte, drehte sie ihren Kopf nach ihm um. Ihre Augen lachten ihn an. Sie zwinkerte amüsiert. Von der Situation überrascht verkörperte Luke nicht gerade den Herr der Lage-Mann. Zumal sein Blick über ihr Kleid hinaus auf ihren schlanken Beinen hing, die eine feinmaschige Strumpfhose effektvoll bedeckte. Sein Puls schlug höher und ließ ihn augenblicklich rot im Gesicht anlaufen.

„Können Sie den Rotwein empfehlen?", versuchte er unverfänglich das Gespräch aufzunehmen. Sie blickte zu ihrem Glas auf dem Tresen.

„Ehrlich gesagt ich habe den Wein nicht probiert. Hab' ihn fürs Zimmer bestellt."

„Wenn ich mich Ihrer Auswahl unbesehen anschließe,

würden Sie bleiben? Die Gegend ist berühmt für ihren landestypischen Weinanbau. Man behauptet sogar, sein Aroma wäre unübertrefflich wenn sein Rebstock zum Fenster reinschaut. Das Hotel liegt zwar in der Stadt, aber bei meiner Herfahrt vom Flughafen konnte ich den einen oder anderen Weinberg vom Bus aus sehen. Also könnte ein uriger knorriger alter Weinstock womöglich durchs Fenster hereinschauen. Wir könnten gemeinsam diese Auslegung ergründen."

„Ich wusste nicht, welch ungeahnte Perspektiven sich in einem einfachen Rotwein verstecken. Hallo Herr Ober, bitte ein zweites Glas Rotwein für den Herrn".

Er hob sein Glas zum Anstoßen an.

„Prost auf die Dame mit den charmanten Augen."

„Prost auf den Herrn und sein Fenster Mythos."

Sie blieben an der Theke sitzen. Die Barhocker zueinander gedreht berührten sich ihre Knie. Ungezwungen im Gespräch streifte ihre Hand seinen Oberschenkel, seine berührte ihre schwarze Strumpfhose. Sie arbeitete als Büroangestellte für eine Versicherungsgesellschaft. Ihr Chef leitete eine Filiale in der viertgrößten Stadt des Landes. Zur Abwicklung komplexer Schadensfälle reisten sie hierher, da die Gesellschaft ihren Hauptsitz in der Stadt hatte. Davor war sie in einer Anwaltskanzlei tätig gewesen. Die Kanzlei vertrat überwiegend Großunternehmen zur Regulierung ihrer Besitzungen. Der Bereich für Kunst- und Schmuckgegenstände lief über ihren Tisch. Es war eine aufregende Zeit. Eine Vielzahl in privater Hand befindlicher Kunstgegenstände konnte sie Vorort betrachten, während andere sie nur aus Katalogabbildungen kannten. Ihr jetziger Chef hatte sie wegen dieser Erfahrung für sein Versicherungsbüro angeworben.

Bisweilen betraute er sie mit der Recherche kleinerer Schadensfälle allein, ansonsten reisten sie zu zweit oder dritt. Mit ihrem Chef hatte sie am Vormittag einen Quartalsbericht in der Hauptverwaltung abgegeben, ihr Chef saß nun allein im Flieger. Heute gab es keinen gemeinsamen Rückflug, die Maschine war überbucht gewesen.

Ihre Blicke trafen sich. Sollten sie ein zweites Glas an der Theke bestellen oder den Abend ausklingen lassen? Sie sah es zuerst. Ein leicht korpulenter Geschäftsmann am hinteren Tisch – er hatte bereits zwei- oder dreimal mit ruckartigen Kopfnicken seiner Schläfrigkeit nachgegeben – griff nach seinem Smartphone, der Brille und dem Zimmerschlüssel. Als er aufstand stand sie bereits neben ihm am freien Stuhl.

„Wird hier frei?"

Kopfnickend überließ ihr der Geschäftsmann den freiwerdenden Platz und entfernte sich in Richtung Treppenaufgang, der zu den Hotelzimmern führte. Sie setzte sich an den Tisch.

Luke kam mit zwei neubestellten Rotwein Gläsern von der Theke auf sie zu.

„Ich habe hier einen eindrucksvollen Wein mit Fensterblick, den Sie unbedingt kosten müssen", scherzte er und setzte sich vertraut neben sie. Der Tisch vor dem Kamin, war der schönste Platz im Raum.

Sie stellten die Gläser auf den Tisch. Sie beugte sich zu ihm rüber und hauchte,

„Nun Mr. Neb was können Sie mir erzählen?"

Das Amulett ihres Skarabäus lag weich zwischen ihren Brüsten. Er nahm es vorsichtig in die Hand. Sein Handrücken spürte die zarte Haut ihres Dekolletés und ihre Wärme.

„Der Skarabäus ist ein Glückskäfer zu Ehren des Königs Chepre, damit hat dieser eine wichtige Stellung in der Ägyptologie. Das weißt du sicherlich alles. Dein Amulett ist von exzelenter Schönheit. Sowohl Materialbeschaffenheit und Ausarbeitung zeugen von einem Künstler, der sein Handwerk bestens verstand. Die Steinmaserung und Färbung deuten an, dass es sich um ein altes Originalstück handeln könnte. Für eine sichere Bestimmung wäre eine Beprobung nötig."

Mit feurigem Blick suchten ihre Augen die seinen, nicht zum letzten Mal an diesem Abend schenkte sie ihm ein strahlendes Lächeln.

Sie verließen die Bar spät in der Nacht. Sie stand hinter ihm als er seine Zimmertür öffnete. Gemeinsam traten sie ein. Sie folgte ihm zum Schreibtisch. Er öffnete sorgsam die kleine Kühlbox.

„Ach was! Du hast ja wirklich ein Murmeltier bei dir", stellte sie erstaunt fest. Und er fragte sich, wenn sie ihm die Geschichte über sein Murmeltier vorher nicht geglaubt hatte, warum war sie jetzt hier? Er drehte sich zu ihr um und spürte ihr Knie wie es langsam zwischen seinen Schenkeln nach oben glitt. Seine Hand strich sanft ihren Hals hinauf hinter ihr Ohr. Ihr Haar floss durch seine Finger. Sie küssten sich zärtlich. Sanft steigerte sich ihr Verlangen.

Luke war ein Frühaufsteher. Ohne ein Geräusch verließ er das Bett als er erwachte. Schlich zum Bad auf leisen Sohlen. Vergeblich, er war allein. Auf dem Hotelblock war das erste Blatt beschrieben:

„Lieber Sonnenmond mein Flug geht bald. Es war ein bezaubernder Abend. Ein Abenteuer auf Zeit. In liebe Liv".

Liv, das war ihr Name. Neben dem Block lag ihr Amulett.

Er ließ sich auf die Bettkante fallen, das kam plötzlich. Er hatte keine festen Pläne gehabt, aber ein gemeinsames Frühstück oder so hatte er sich erhofft. Er griff nach ihrem unters Bett gerutschten Slip, ließ sich dann nach hinten auf den Rücken fallen. Er fühlte sich einsam. Seine Gedanken fielen aus dem Raum. In einer endlosen Tiefe setzte sich sein Fallen fort. Ohne Laut fiel man einfach. Minuten vergingen. Liv. Liv war ihr Name.

Im Laufe des Morgens fand Luke sich unten im Frühstücksraum ein. Der erste Kaffee brachte ihn langsam zurück ins Heute. Einige Besorgungen standen an bevor er sich mit dem Ausgrabungsteam traf.

Am Nachbartisch saßen zwei Hotelgäste, ein dritter Mann hatte sich wenige Minuten zuvor, von draußen kommend, dazugesellt. Dieser war unrasiert, wirkte ungepflegt und kauzig, Äußerlichkeiten die nichts heißen mögen. Luke selbst war ohne Morgenrasur am Frühstücksbüfett erschienen. Die drei unterhielten sich unauffällig bis der Kauzige mit einer Gabel vor den Gesichtern der anderen rumfuchtelte und dabei geräuschvoll seinen Stuhl nach hinten schob. Die Situation beruhigte sich gleich wieder. In dem Moment der Aufmerksamkeit wurde für die Umsitzenden die schiefe Nase des Kauzigen mit einer vernarbten Schnittwunde darauf sichtbar. Einer seiner Tischnachbarn hatte am linken Ohr einen schmucklosen Ohrring und darunter ein kleines Drachen Tattoo. Der zweite Hotelgast am Tisch fiel auf, weil er keine Auffälligkeiten hatte. Er passte rein äußerlich nicht in die Gruppe. Das Frühstück ging weiter. Die anderen Hotelgäste einschließlich Luke schauten gelegentlich auf, neugierig ob an dem Tisch nochmal etwas passierte.

„Ihnen ist da etwas runtergefallen", ein Hotelgast bückte sich im vorbeigehen und legte etwas auf den Tisch der Dreiergruppe zurück. Luke konnte nicht genau sehen was für ein Gegenstand es war, aber er erkannte in dem Hotelgast, den Geschäftsmann vom gestrigen Abend, der am Kamin gesessen hatte. Der Geschäftsmann ging weiter zum Büfett und stellte sich sein Frühstück zusammen. Luke ließ sich einen weiteren Kaffee vom Kellner bringen und aß dazu das verbliebene Stückchen von seinem Brötchen. Er beendete sein Frühstück mit einem kleinen Nußgebäck. Die drei Männer am Nachbartisch blieben in ihrem Gespräch vertieft, sie gaben keinen erneuten Anlass für eine allgemeine Beachtung.

Zurück im Zimmer drehte Luke den schönen Skarabäus in seiner Hand hin und her. Aus seinem Gepäck holte er eine robuste Tasche. Diese feste Ledertasche mit eingenähten Seitentaschen hatte er sich extra anfertigen lassen. Dort sollten seine Fundstücke gut verwahrt werden, zwei Seitenfächer waren bisher belegt.

Ein versteinertes Fossil aus seiner Heimat. Ein klassischer Ackerlandfund: nachdem der Bauer das Feld im Spätherbst pflügte, gelangte es ans Tageslicht. Luke war oft unterwegs. Teilweise war das umgepflügte Feld vom nächtlichen Dauerregen derart nass, dass die Erde seine Gummistiefel schmatzend umschlang und ansog. Es zog ihm regelrecht den Stiefel aus. Anstatt Fossilien zu suchen, verbrachte er viel Zeit damit, seinen Gummistiefel wieder aus dem Ackerboden zu hieven. Er fand vielerlei versteinerte Moose, Farngewächse sowie Bruchstücke von Bedecktsamern und Nadelhölzern.

Aber nur ein Fundstück schaffte es in die Tasche, gefunden in seinem dritten Sammler-Jahr. Ein grünschimmerndes Farngewächs aus der Karbonzeit, der filigrane Aufbau von der Mittelrippe ausgehend blieb durchgängig erkennbar und war ein besonderer Blickfang dieses Fossils. Ein fachmännisches Bestimmungsblatt kam später dazu. Ziemlich am Anfang seiner Tätigkeit, es war seine zweite Ausgrabungsstätte, hatte der Grabungsleiter seinen Fund datieren lassen. Damals eher ein Forscherspaß unter Gleichgesinnten. Jetzt, da er rund um den Globus seiner Theorie folgend quasi ein Ausgrabungshopping betrieb, konnte er damit jederzeit nachweisen, dass es sein Fundstück und nicht ein unerlaubt entwendetes Fossil war.

Ein weiteres Stück war ein versteinertes Arrangement aus Ast, Blatt und Knospe, das dergestalt vor Äonen vom Baum in einen kalten Quellbach fiel. Das eisige Quellwasser versteinerte über die Zeit durch adäquate Mineralablagerungen das Gebilde. Sein Fund aus dem Hochgebirge stammte aus seiner Jugendzeit, als er die heimatlichen Wälder und Berge stundenlang durchstreifte. Die Versteinerung war seine erste Entdeckung. Die Leidenschaft hielt bis heute an. Er bewarb sich auf kleine Hilfsjobs, half bei Umräumarbeiten im Museum. Dort hatte ihm ein Mitarbeiter dies Fundstück mit einer feinen, dauerhaften Schutzschicht überzogen. Die Versteinerung hätte sich ansonsten über die Jahre abgerieben und wäre teilweise abgeplatzt.

In diesen Zeiten seiner spielerischen Exkursionen, hatte seine Marotte mit dem Glücksstrumpf ihre Entstehungsgeschichte gehabt. Lukes Glücksstrumpf musste immer mit einem Vogelmotiv verziert werden. „Sein waschbares Tattoo", wie es eine gute Freundin aus seinem Bekanntenkreis mal passend titulierte.

Als Kind und als Jugendlicher hatte er dauernd diese ewig haltbaren Kniestrümpfe anziehen müssen. Anfangs wurden diese nervigen Strümpfe von ihm gehasst, bis ein Paar zu seinen Glücksbringer-Strümpfen mutiert war. Dieses Paar wurde fortan bei jeder seiner erfolgreichen sowie weniger erfolgreichen Wanderungen mitgeschleppt, das heißt an den Füssen. Weit über ihre übliche Haltbarkeit hinaus mussten sie mehrmals geflickt und gestopft werden, bis es irgendwann nicht mehr ging, und sie dauerhaft auf dem Dachboden in der Kiste für Kindheitserinnerungen landeten. Dann etliche Jahre später zu seinem zwanzigsten Geburtstag bekam er neue Glücksstrümpfe überreicht. Mehr als Spaß gedacht, hatte ihm eine gute Freundin das Vogelmotiv auf den rechten Strumpf von einem neuen Paar Wanderstrümpfe gestickt, als Geburtstagsgeschenk. Das Vogelmotiv, welches ihm als Heranwachsender gar nicht bewusst war, war ein Kiwi. Der flugunfähige Vogel lebte überwiegend am Boden. Der Kiwi suchte und pickte dort nach Nahrung, was ja ebenfalls Lukes bevorzugtes Suchgebiet war, das passte hundertprozentig. Seit dieser Zeit reiste immer ein Glücks-strumpf in Lukes Koffer mit, der liebevoll mit einem handbestickten Kiwi dekoriert war. Bei seinen kleinen privaten Streifzügen in die Natur war der ‚Kiwi' immer am Fuß dabei. Der Nachbar-Strumpf, am linken Fuß, konnte schon mal ein anderes Farbmodell sein, das nahm er nicht so genau. Erfreulicherweise bestickte ihm die Freundin, immer mal wieder, das eine oder andere Paar neuer Strümpfe nach.

Luke klappte die Ledertasche auf. Er taxierte spielerisch das Gewicht des Amuletts in seiner Hand, bevor er es in ein Seitenfach steckte. Den Slip faltete er zusammen, legte ihn auf den Schreibtisch. Wie klein sich diese raffinierten Verführungen falten ließen. Ein Hauch von nichts bekam eine neue Bedeutung.

Es wurde Zeit seine Sachen zu packen, mehrmals lief er unschlüssig am Schreibtisch vorbei. Letztendlich schob er den Slip ins Seitenfach zu dem Skarabäus – die gehörten zusammen.

Er schloss die Zimmertür hinter sich ab, bevor er hinunter zur Rezeption zum Check-Out ging. Anschließend hatte er genügend Zeit in den umliegenden Geschäften seine kleinen Besorgungen zu erledigen.

Sein Bus traf pünktlich am frühen Nachmittag am Sammelpunkt ein. Fünfzehn Mitarbeiter und Helfer bestiegen den Bus, der sie aus der Stadt zur Ausgrabungsstätte fuhr. Ein Großteil der Strecke führte über eine wenig befahrene staubige Lehmstraße bevor sie linker Hand auf einen mit Schlaglöchern übersäten Feldweg abbogen. Dieser endete in einem bewaldeten Hangrücken. Ab dort ging es heftig von links und nach rechts schaukelnd einen Forstweg hinauf bis auf eine Höhe von 1200m. Vor ihnen lag auf einer Hochebene die Ausgrabungsstätte Altes Königreich IV, Abschnitte C-H, K. Der Bus hielt auf dem Vorplatz. Drumherum stand ein kleines Zeltdorf, ihr Zuhause für die nächsten drei Monate.

Die Zelte der Hilfskräfte standen am äußeren Rand in der Nähe vom Küchenzelt. Dahinter zog ein glucksender

Bergbach seine Bahn durch steinigen Grund. Sein munteres Plätschern hallte ohne Unterbrechung über sein Flussbett hinein ins Camp. Sein abgewandtes Ufer führte entlang einer abschüssigen Böschung, dahinter ragte unmittelbar die Bergwand empor. Spärlich bewachsen schob sich ein felsiges Labyrinth aus groben Graten, gezackten Abbruchkanten und Überhängen in die Höhe. Vom Regen umspült und freigewaschen thronten vereinzelt Hartsteinfelsen an der Fallkante. Grau-schwarze Einkerbungen hoben sich einige hundert Meter in die Höhe. Dunkel fiel der Schatten in solche Klüfte.

Vorm Küchenzelt wiederum schloss sich das Speisezelt an, das gleichzeitig als Aufenthaltsraum genutzt wurde, wo man sich in Gruppen tagsüber und abends treffen konnte. Vor dem Speisezelt lagen die Zelte der Wissenschaftler, welche L-förmig von den vorgelagerten Großraumzelten für Fund- und Sammelstücke eingerahmt wurden. Das wechselhafte Gebirgswetter hatte den großflächigen Baumwollplanen zu gesetzt, ihr anfängliches Cremeweiß verwitterte zu einem schmutzig-grauen Farbton, sie überspannten, wenige Meter vom alten Graben entfernt, die Zeltgestänge.

Drei Holzstege überbrückten den alten erodierten Schutz- und Wassergraben. Seit langer Zeit führte der vertrocknete Graben kein Wasser, selbst bei lang anhaltenden Starkregen sickerte die Nässe widerstandslos in die unteren Bodenschichten ab. Hinter dem Graben lagen die historischen Wehr- und Wohnanlagen – ihr Forschungsgebiet. Alle Helfer mussten einmal das Camp durchqueren, um zu ihrem Grabungsplanquadrat zu gelangen. Dort galt es verkümmerte Mauerreste aus den unteren Erdschichten zu kratzen und zu fegen.

Routinemäßig erfolgte nach ihrer Ankunft die Aufteilung und Zuweisung in ihre Unterkünfte. Er bezog ein Viererzelt mit zwei weiteren Hilfskräften. Nach einer Stunde trafen sie sich wieder im Speisezelt. Der Ausgrabungsleiter Aron, ein stämmiger in die Jahre gekommener Mann, begrüßte sie pünktlich. Er war verantwortlich für die Koordination der verschiedenen Gruppen und Arbeiten, plante einen reibungslosen Ablauf für die Lagerlogistik. Man merkte ihm seine Leidenschaft für diese Art von Auftrag an. Seine Anweisungen trugen einen optimistischen humorvollen Unterton. Aron war von der Wichtigkeit der Unternehmung überzeugt und hatte Spaß daran. Es galt Erdschichten im gedrosselten Maulwurfstempo zu bewegen ohne Spuren zu entfernen. Ein Unterfangen welches als Gemeinschaft aller Maulwürfe ein verschachteltes Kammersystem erschuf und freilegte.

Vier Ausfälle bzw. nicht angereiste Maulwürfe gab es. Die wissenschaftliche Leitung hatte entschieden, das Arbeitsareal entsprechend zu reduzieren, damit eine hohe Güte der freigelegten Fundstellen weiterhin erreicht werden konnte. Ihr Forschungsteam verfügte über eine satellitengestützte Funkverbindung. Die wissenschaftliche Datenübertragung erfolgte täglich am späten Nachmittag für eine Stunde. Dienstags und freitags fand vormittags eine Besprechungskonferenz mit dem Institut statt. Zur Vereinfachung und Erhaltung einer stabilen Verbindung buchte das Institut die volle Übertragungskapazität als Standleitung rund um die Uhr. Das war es, mehr gab es zu diesem Thema nicht zu sagen. Die erfahrenen in der Gruppe wussten, und die Neuen würden es vorm ersten Abendessen von ihnen hören, dass sie ihre privaten Chats außerhalb der dienstlichen Zeiten verfolgen durften.

Wenn ein jeder sich daran hielt wären die wissenschaftlichen Übertragungen nicht beeinträchtigt. Die Camp- Leitung ersparte sich die lästige Zuteilung von Übertragungskapazitäten an die Mitarbeiter auf Antrag inkl. eines komplizierten Verrechnungsschlüssels. Im Gegenzug musste der Mitarbeiter seine Funkzeiten nicht minutiös im Voraus planen und anmelden. Ein Vorgehen, das bisher an jedem seiner Wirkungsstätten funktioniert hatte. Bei solchen Unternehmungen fand sich immer ein buntgemischter Haufen aus Menschen ein, Menschen aus unterschiedlichen Kulturen mit unterschiedlichen Lebensläufen. Während der langen Zeit im Ausgrabungscamp blieben Zerwürfnisse unter ihnen nicht aus, aber ein jeder hielt sich solidarisch an die Vorgaben für den Funkzugang. Auch für dieses Team war Luke zuversichtlich.

Bevor sich alle wieder zerstreuten, stellte er sich auf einen Stuhl um besser gehört zu werden. In seiner Hand hielt er die mobile Kühlbox.

Luke stellte den überwiegend verblüfften Mitgliedern sein zutrauliches Murmeltier Pea vor. Sie sollten keine Angst vor Pea haben.

„Bitte scheucht Es nicht hektisch oder genervt weg. Sprecht mit mir falls es Probleme gibt. Normalerweise hält Pea sich tagsüber in Lagernähe auf, kommt aber nicht in unseren Claim.“

„So ist es Leute. Luke hat seinen kleinen Begleiter bei seiner Bewerbung mit angemeldet. Ich kontaktierte einige seiner vorherigen Camp-Leiter, die mir seine Aussagen bestätigten. Der kleine Flitzer ist harmlos", ergriff Aron unterstützend das Wort. Gleich darauf versammelten sich alle traubenartig um das ungewöhnliche Murmeltier. Neugierig bestaunt, hier und da zaghaft angestupst, blieb Pea ruhig und gelassen in der Box sitzen. Es genoss diese Aufmerksamkeit wie ein kleiner Filmstar.

Nachdem die erste Begrüßungswelle abebbte, suchte Luke ein Gespräch mit dem einheimischen Koch. Pea würde die Felshänge hinter seinem Schlafzelt als sein neues Revier ansehen und tagsüber ausgiebig erkunden. Der Koch verneinte, es gab hier keine Murmeltiere oder murmeltierähnliche Tiere. Eine kleine Anzahl Raubkatzen, mittelgroß, lebte in weit höheren Kammlagen, diese verirrten sich selten hier her. Die klassische Vaterfrage, er stellte sie immer wieder wohlwissend, dass Freiheit und Gefahr zusammen gehörten. Nicht in allen Ecken und Winkeln konnte er Pea beschützen. Sein Murmeltier hatte nicht nur seinen eigenen Willen, es gebrauchte ihn auch.

Peas nächtlicher Bereich war meistens unter seiner Schlafpritsche. Dort stand seine Kühlbox, ein Kratzen mit der Pfote zeigte an, dass es hinein wollte. Ansonsten zog es Nase und Kopf unter seine Vorderbeine und schlief auf dem Boden ein. In größeren Zelten gab es manchmal ein paar extra Meter am Kopfende der Pritsche dazu. Die Zelte im ‚Alten Königreich IV' hatten eine durchschnittliche Größe. Pea ruhte nachts unter der Pritsche.

Die Stromerzeuger fürs Lager modern und zuverlässig auslegt lieferten dauerhaft Strom. Die Aggregate-Zelle der Kühlbox lud Luke bei Bedarf über das Stromnetz auf, meistens während der Frühstückszeit damit nicht tagsüber, wenn alle bei der Arbeit waren, unbemerkt eine Überhitzung oder anderer Schaden entstehen konnte.

Die ersten beiden Tage hatte Pea keinen Ausgang. Es blieb als Vorsichtsmaßnahme in der Box. Diese ersten Abende waren bisweilen besonders, Pea sprang auf seine Pritsche, schlief dort auf seinem Oberarm ein, wobei es seine Bärchennase zuckelnd und stupsend unter seine Achsel schob, so wie es das als junges Murmeltier jeden Abend getan hatte. Damals wartete Luke geduldig bis es fest eingeschlafen war, nahm es vorsichtig hoch und legte es zurück in eine behaglich gepolsterte Schublade.

Die Berge blieben verdeckt hinter einem Wolkenband, ein frischer Wind zog über die Hochebene. Der erste Morgen am alten Königreich IV war unterkühlt. Die Temperatur lag weit unter null Grad Celsius, mit frostig-rot gefärbten Nasenspitzen schlich das Team zum Speisezelt. Nach dem Frühstück ging es prompt über den Graben, dort stand Luke jetzt vor seinem Planquadrat.

Für einen Außenstehenden sähe sein Planquadrat nach drei Monaten genauso aus wie jetzt, aber er sah bereits mehr. Hier bog vor langer Zeit ein schwerer Karren ums Eck, wenn es eine Hausecke war. Hier stieß ein grober Lederstiefel gegen den Stein, falls sich hier ein alter Türeingang befand. It's Maulwurfs Time.

An seinem ersten freien Nachmittag stieg er gleich hinter seinem Schlafzelt den Berghang hinauf. Pea auf Sichtweite huschte über und zwischen Gesteinsbrocken herum. Immer wenn er seine abgewetzte Ledertasche mit Bronzeschließe umschnallte, wusste es Bescheid, gemeinsam durchstöberten sie die Gegend. Pea lief voran, kannte sich gut aus, kannte die besten Beerensträucher und Unterschlüpfe. Wenn es nach rechts ging, Luke aber links abbog, sprang es auf eine kleine Felserhöhung hob die Bärchennase an und winkte eindeutig in die richtige Richtung.

„Nach rechts. Hier lang. Ich zeige dir den Weg. Logisch, nun komm", hätte Pea ihm ergänzend zugerufen. Aber Luke erblickte seine Zeichen nicht und lief weiter in die falsche Richtung. Bärchennase wurde wieder eingefahren. Freudig trottelte es neben ihm her, das war seine Natur. Pea war ausgezeichnet im Auskundschaften, sehr klug, tolerant und sehr nachgiebig. Gerade in Bezug auf Luke ließ es Vieles durchgehen. Im Grunde genommen gab es immer nach, seine angeborene gute Laune und Zuversicht litt darunter nicht. Murmis erkennen den wahren Kern der Beere, eine übersehene ist nicht verloren, wenn man sie wieder findet. So gesehen hatte Pea immer beste Laune.

Mehr zufällig stoppte Luke an einem Felsvorsprung. Pea winkte gerade mit ihrer Nase, ein unfassbares Glück, er hatte es verstanden und hielt an. Mit zwei, drei langen Sätzen war Pea hinter den Felsen zu einem Beerenbusch enteilt.

Luke spähte von seinem Ausguck hinaus in die Weite der Hochebene, seine Augen suchten Verläufe und Reste einer alten Handelsstraße. Neben dem klassischen Gewürzhandel war sie berühmt für den Austausch verschiedenartiger Stoff- und Schmuckwaren. Seine Leidenschaft führte ihn entlang der betagten Straßen der Vergangenheit in eine Zeit als mächtige Reiche dort mit Handel und Einfluss ganze Epochen prägten.

In jener Zeit experimentierten erfahrene Meister mutig mit den Bodenschätzen ihres Landes, kombinierten unterschiedliche Metalle in der Schmelze. Sie verfeinerten ihre Techniken der Metallverarbeitungen, schufen vehement neuartige Legierungen. Kundige Handwerker trieben, bogen und formten daraus allerlei Handelsgüter. Scharnierartige Elemente hielten spiegelbehaftete Türen verschlossen. Statuetten und andere bedeutende Kunstgegenstände verblüfften die restliche Welt. Über Jahrzehnte transportierten sie gewinnbringend ihre Waren über die Handelsstraßen, der gewonnene Wohlstand festigte ihre innere Größe und Stärke. Ihre Bedeutung wuchs – als Reich der Mitte beherrschte ihr Land über Jahrhunderte zentrale Gebiete der bekannten Welt.

In etwa der gleichen Epoche regierte ein Volk über die südlichen Seeländer, welches für seine Künste in der Schifffahrt berühmt war. Wobei das Seevolk nicht nur auf ihr Navigationstalent stolz war. Ihre hochseetauglichen Segelschiffe verfügten über ein spezielles Tuchgewebe. Ihre Schiffsbauten vereinten wendige Schnelligkeit mit Unwettertauglichkeit. Bei orkanartigen Stürmen hielten ihre Schiffe gleichermaßen ihren Kurs auf hoher See und landnah durch gefährliche Brandungen. Ein Vorteil der ihre Waren sicher über die Meere und zuverlässig zu den damaligen Seehäfen und Handelsstraßen brachte.

Die Welt in jenen Tagen war groß genug für beide Völker, in dieser Zeit bestimmten sie Handel und Wohlstand. Ihr Einflussbereich wuchs dynamisch, expandierte mancherorts gegeneinander, überlappte sich punktuell für kurze Zeit bevor sich eine neue Ordnung einstellte. Ihre Kontrollrechte verbreiteten sich über die pulsierenden Handelswege, diese regelten auf flexible Art ihre Reichweite hin zu den markanten Handelsplätzen. Auf den staubigen Plätzen alter Städte und großer Siedlungen wurden ihre Waren rege getauscht.

Am Rande der Straßen zwischen den wichtigen Handelsplätzen wurde die Umgebung gleichsam beeinflusst. Diese Ländereien waren vorher und hinterher besiedelt, ein Volk gleicher Abstammung formte sich dort. Ihr Wohn- und Handelsgebiet bewegte sich im Laufe der Zeit entlang der Handelswege, pulsierte im Takt der neuen Ordnung vor und zurück.

Das Hab und Gut dieser Menschen musste transportabel sein, es unterlag örtlichen Veränderungen, leichte und zerlegbare Formen brachten ihnen den meisten Nutzen. Sie erwarben das Wissen ihrer Zeit auf den Handelsstraßen und entwickelten es für ihre Bedürfnisse weiter. Ihr geschichtliches Auftreten war nicht mehr als eine Randnotiz. Zahlenmäßig wenige, ohne größere Besitzungen an Ländereien, prägten sie keine eigene Epoche. Ihre ausgefeilten Gerätschaften bestachen durch eine hohe

Wertigkeit, diese fielen aber durch ihre geringe Anzahl nicht im großen Grabungssortiment auf. Wie auch? An den wissenschaftlich geförderten Fundstellen erfasste man die historischen Hinterlassenschaften der bekannten alten Reiche, deutete und bildete ihr Wirken nach. Für einen eigenständigen Forschungsauftrag gab es weder Gelder noch das Bewusstsein ein vergessenes Volk aufzufinden.

Dennoch gab es sie, die undatierten Funde. Gefäße, Krüge, Stichel, Werkzeuge für Ackerbau und Handwerk, Beschläge großer Truhen, Kisten, Schatullen, verzierte Spiegelchen, kleine Figuren, Schmuckstücke und andere Gegenstände – ohne klare Zuordnung landeten diese in den Kisten der unbestimmbaren Funde. Aus Zeitmangel fand sich nach einer Grabung kein Forscher, sie Zuhause im Institut nachträglich zu listen und zu bestimmen, damit verblieben solche Gegenstände dauerhaft in ihren Kisten in den dunklen Kellern ihrer Universitäten und Stiftungen.

Lukes Interesse galt diesen Kleinoden, deswegen war er außerhalb seiner Arbeitszeit unterwegs, erkundete auf eigenen Pfaden die Umgebung der jeweiligen Ausgrabungsstellen. Wenn es möglich war bezog er für einige Tage ein Zelt oder eine kleine Hütte am Rand des Areals. Die verantwortliche Campleitung genehmigte solche Initiativen ohne Schwierigkeiten. Gerade die entfernt stehenden Gebäude wurden selten wissenschaftlich benutzt, mussten dennoch intervallartig überprüft werden. Die Leitung war froh, dass er die an sich unbeliebte Basiskontrolle dort einfach miterledigte.

Luke hielt seine Expeditionen in einem Tagebuch fest. Sowohl durchgeführte wie geplante Erkundungen schrieb er auf. Verfasste erste Vermutungen und suchte nach Verknüpfungspunkten einzelner Funde.

Seine abenteuerlichen Abstiege in verlassene Täler und Höhlen fanden genauso Erwähnung wie sein ungewollter Fall in ein Schlammloch, der die damalige Expedition jäh stoppte. Seine völlig sinnlose Suche, sehenden Auges, unter einem Wespennest notierte er mit ironisch ergänzten Smiley Icons. Eine grobe Schnitzerei zierte den Baumstamm an dessen Astwerk das Wespennest hing. Luke hatte sich in eine fixe Idee verrannt, die Einkerbungen hätten eine geheimnisvolle Bedeutung und in der unteren Astaushöhlung könnte eine Tonfigur stecken. Nach schmerzreichen Wespenstichen bereute er, dass er nicht eher diese Theorie verworfen hatte. Es war generell eine tierisch bemerkenswerte Woche. Die Schwellungen der Wespenstiche waren längst passé und er hockte neugierig vor einem Waldameisenhaufen als ein kleiner Molch sich unter sein Hosenbein verirrte und tags darauf ein zweiter Lurch, als wenn seine Hose ein optimales Versteck für verspielte Molche wäre.

Auf den hinteren Buchseiten stand seine Liste der undatierten Funde. Gut fünfzig Artefakte waren dort notiert aus Ausgrabungskatalogen, Fachzeitschriften und Online-Artikeln zusammengetragen warteten sie darauf geordnet, datiert und verbunden zu werden.

Er suchte nach Beweisstücken wie ein fünffach geschmiedetes Eisen mit einem Griff aus Edelholz oder

Stein. Eine irdene Trinkschale verziert mit blauen Muschelschalen. Ein Nagel oder Niet-Rest welcher ein Spiegelglas mit einer Holzunterlage verband. Solch ein Beweisstück könnte Luke dann mit seiner Artefakte-Liste abgleichen und eine erste Zuordnung vornehmen. Wenn es richtig gut laufen würde, könnte er versuchen den Gegenstand über seine wissenschaftlichen Beziehungen datieren zu lassen.

Luke liebte sein Tagebuch mit seinen Eintragungen, die sich bei jeder Reise erweiterten, er spürte wie sich mit der Zeit die Blätter änderten, sich leicht die Ecken wölbten, das Papier dunkelte, fettiger und rauer wurde.

Darin zu blättern, um neue Ideen zu entwickeln, blieb seinem Expeditionsbuch vorbehalten. Von Zeit zu Zeit fotografierte er die Seiten ab, damit waren sie digitalisiert und lagen als digitales Tagebuch in einem weit entfernten Datenserver. Dass sie dabei mal eben hunderte Kilometer über die Erde hinaus durch einen Satelliten wieder zurück zur Erde geschleudert wurden, war eher eine technische Meisterleistung, veränderte aber nicht nachträglich den Inhalt.

Am Rande vom alten Königreich IV, auf einem Felsvorsprung stehend, schaute Luke in die Ferne. Diesmal hoffte er ein mit grünem Grossular oder orangem Spessartin besetztes Unikat in Lotusform zu finden. Es gab alte Bergwerksabschriften aus der Region, die ein Vorkommen dieser Mineralien erwähnten.

Auf seiner heutigen Erkundung suchte er nach Spuren

eines alten Handelsweges der sich auf der gegenüberliegenden Seite der Hochebene befinden sollte. Er nutzte die gute Übersicht, um einen geeigneten Einstieg im entfernten Höhenzug auszumachen. Der bewaldete Höhenzug war viel weiter entfernt, als vermutet, dorthin würde er nicht ohne weiteres zu Fuß gelangen. Entlang der Baumlinie zeichnete sich eine Kerbung ab, undeutlich ließ sich dort ein Bergeinschnitt erkennen. Über die weite Entfernung hinweg sollte man vorsichtig mit dem Begriff „in der Nähe" sein, da es am Ende mehrere Kilometer sein könnten, dennoch erhob sich in der erwähnten Distanz ein altes, aber nicht altertümliches, Herrenhaus.

Darin sah Luke eine erste Möglichkeit, ein Startpunkt für seine Suche nach Zeugnissen aus einer vergessenen Vergangenheit.

Weiterhin erkannte er, dass er nur zurück über die Stadt und in entgegengesetzter Richtung fahrend zum alten Handelsweg gelangen konnte. Er wägte für sich in Gedanken ab, welche Optionen er hatte. Ein kleiner Lieferwagen pendelte für Versorgungszwecke zwischen Camp und Stadt, dieser könnte ihn bei passender Gelegenheit mit in die Stadt nehmen, dort könnte er sich preiswert ein Auto oder Motorrad leihen. Es wäre vermutlich eine zu kostspielige Variante sich mittels Taxi zum Herrenhaus fahren zu lassen. Luke musste in der Sache weitere Informationen einholen.

Pea drückte an sein Bein.

„Ach herrje. Du Schmutzfink. In welche Pfütze bist du gefal... – nein, so oft wie du das machst, frage ich lieber, – ...in welche Pfütze hast du dich wieder reingestürzt?", dabei bückte er sich und hob seinen triefenden Freund hoch.

Pea blickte zufrieden zurück, eine halbe Beere klebte noch in saftigem Rosa-Rot am Nasenrand. Luke wischte den kleinen Rest weg und setzte Pea auf seine Schultern. Zurück ließ es sich gern tragen. Eine Gewohnheit aus den Tagen, als es noch kleiner war und die Ausdauer für den Rückweg nicht hatte. Irgendwie hatte er den Zeitpunkt verpasst, ihm im Älterwerden diese Bequemlichkeit abzugewöhnen.

Vor Erreichen des Camps setzte er Pea ab, ließ ihn allein über die Steine im Fluss ans andere Ufer springen. Luke nutzte die restliche Zeit für einen Abstecher ins Großzelt, sprach dort mit den anwesenden Forschern und Professoren über ihre bisherigen Ergebnisse. Er blickte in zufriedene Gesichter. Das oftmals wechselhafte Bergwetter meinte es in dieser Saison gut mit ihnen, bei verhältnismäßig milden Temperaturen konnten sie bisher jeden Tag nutzen, eine stattliche Ausbeute breitete sich auf den Arbeitstischen aus. Die Gelehrten kamen mit den Erstbefundungen und katalogisieren nicht hinterher, ein Zustand der jedes Forscherherz glücklich machte.

Der Arbeitstag neigte sich dem Ende zu, langsam füllte sich ihr kleines Zeltdorf in den Bergen, die Maulwürfe kehrten zurück wie jeden Abend.

In aller Frühe fuhren sie los. Der Kaffee wurde heiß hinunter geschluckt, sie hatten wenig Zeit. Salami und Käseaufschnitt schier aufs Brot gelegt, eine zweite Brotscheibe darüber geklappt, er hielt seine Stulle fest in der Hand. Im Laufschritt eilte er zum Transporter, der Dieselmotor tuckerte bereits vor sich hin. Er nahm vorn im Fahrerhäuschen Platz. Peas Box stellte er unter sich im Fußraum ab. Der Fahrer nickte ihm freundlich zu, dann schob er den ersten Gang rein und fuhr los. Ein kurzes Anrucken presste sie in ihre Sitze, kraftvoll zog der Motor an. Der Lieferwagen pendelte zweimal pro Woche in die Stadt, holte Lebensmittel, Ersatzteile und andere Waren. Wer mochte, konnte Post aufgeben oder abholen lassen, trotz Digitalisierung wurde dieser klassische Dienst weiterhin bedient. Der Fahrer kehrte nachmittags zurück, damit der Küche ausreichend Zeit blieb die Frischware fürs Abendessen zu zubereiten. Der Termin war nur durch eine frühzeitige Abfahrt zu halten.

Lukes erster Biss ins Brot wurde begleitet von einem ruckartigen Hinundherschaukeln während der Bergabfahrt. Ein zusammenstoßen ihrer Schultern wurde wie von Zauberhand auf den letzten zwei Zentimetern verhindert. Die Stoßdämpfer der Federbeine hatten ordentlich zu tun, um ein seitliches Aufschaukeln abzufangen. Artur war ein guter Fahrer, strahlte die nötige Ruhe aus, verfügte über reichlich Geduld, um den Job gründlich auszuführen. Er war sein eigener Unternehmer. Die Institutsverwaltung hatte seine Dienste für die ganze Saison gebucht. Sein alter Transporter spulte Kilometer um Kilometer ab. Verbeult mit abgeplatztem Lack wirbelte dieser den Staub der Straße hoch. Die gesamte Karosserie verschwand unter einer dicken Staubschicht. Der nächste Regenguss würde den Schmutz abwaschen und den verbleibenden Lack im grünen Licht schimmern lassen. Luke hatte seit seinem ersten freien Nachmittag seine Freistunden für die heutige Exkursion aufgespart. Es war vereinbart, dass er bei der nächsten Tagestour wieder mit Artur zurückfuhr.

Der Transporter rumpelte gerade ins Zentrum der Stadt.

Sie kamen an dem Hotel vorbei – sollte er Artur bitten hier anzuhalten? Er verwarf im Nu den Gedanken. Liv würde nicht hier sein, das wäre ein unglaublicher Zufall. Er blickte im Vorbeifahren zurück bis die Hotelfassade verschwand. Zwei Querstraßen weiter stöhnte er verblüfft auf. Von der Hauptstraße weg bog jemand Bekanntes in eine Seitenstraße ein, im Sonnenlicht blinkte ein Ohrring auf darunter war ein Drachen-Tattoo gestochen. Er hätte sich lieber eine andere Person gewünscht, die hier um die Ecke bog, die ihn mit ihren funkelnden Augen hätte blenden können. Artur schaltete einen Gang höher, der Motor knurrte gutmütig auf, bevor er beschleunigte. Sie verließen das Stadtzentrum.

In einem Vorort hielt Artur in einer kleinen Hofanlage an und ließ ihn aussteigen. Hier wartete ein Auto auf Luke, der Bruder vom Koch lieh ihm seinen Wagen für die nächsten Tage.

„Hallo, bist du der Mann mit dem Murmeltier?", begrüßte ihn eine aufgeweckte junge Frau. Ihr Haar wehte hin und her. Sie drehte ihren Kopf zu ihm und wieder weg und wieder zurück.

„Ich bin Vicenza-Maria. Aber alle nennen mich Vic", lächelte sie Luke an, „der Wagen steht dort drüben.“

Sie hielt den Wagenschlüssel hoch und deutete auf ein Auto, das weit vor Arturs Transporter das Licht der Fertigungshalle verlassen hatte. Der verwitterte Lack war stellenweise rissig und hatte zahlreiche Roststellen. Das rostige Blech um die Radkästen herum zeigte bereits sichtbare Löcher. Die beiden Türen waren jede für sich mechanisch auf- und zuschliessbar. Auf die hintere Sitzbank gelangte man, indem die Rückenlehne des Vordersitzes nach vorne geklappt wurde. Dieser Mechanismus funktionierte aber nur noch auf der Beifahrerseite, signalisierte Vic ihm, die im gleichen Moment seine komplette rechte Seite in Beschlag nahm. Vergnügt lag ihr Kopf halb auf seiner Schulter. Luke nahm den Schlüssel, sie umarmte für einen Moment seine Hüfte mit ihrem linken Arm. Hüpfte spielerisch zur Wagentür und öffnete diese chauffeur-artig mit fröhlichem Grinsen im Gesicht.

„Zu schade, dass du heute fährst. Ich wäre gern mitgekommen, aber ich muss leider noch arbeiten. Ich kenne die Gegend ganz gut, ich könnte dir helfen oder so. Ab morgen hätte ich Zeit – also ... oder wie wäre es? Du holst mich morgen mit dem Wagen hier ...“, sprudelten die Worte aus ihr heraus.

„Das ist lieb gemeint von dir, Vic. Aber ich suche so ’n altes Zeug in der Erde, hocke dort stundenlang an einer Stelle. Das wäre total langweilig für dich“, gab er zu bedenken.

Beim Wegfahren schaffte sie es irgendwie aus einer geschickten Drehbewegung heraus ihm ein Küsschen auf die Wange zu drücken, dann verließ er die Stadt. Im

Rückspiegel sah er Vic winken, sie drehte sich schwungvoll auf der Stelle, ihr bunter Rock flog gleichsam hinterher, bevor sie in den Hof zurückging.

Das abseits gelegene Herrenhaus hatte eine bewegte Geschichte. Seine Besitzer reichten es weiter, oft begleitet von längeren Zeiten eines Leerstandes. Ein Herrenhaus war es allerdings nie gewesen, gegründet als Gasthof hatte es für wenige Jahre seine Gäste empfangen. Der erhoffte Aufschwung einer kleinen Ansiedlung in der Nähe war ausgeblieben, dort sollte für damalige Verhältnisse eine moderne Fabrikhalle entstehen. Man hatte erhofft, hier langfristig über dreihundert Arbeitsplätze zu schaffen. Vor dem ersten Aushub ging das Großunternehmen in Konkurs, ein Nachfolger ließ sich nicht finden. Die genehmigte Fabrikhalle verblieb auf dem Zeichnungspapier und wanderte in den Aktenschrank der hiesigen Verwaltung. Dem Gasthof hatten somit die erhofften Einnahmen von Händlern, Kaufleuten, Kunden und Großkunden gefehlt, die wegen der Fabrik und deren Produkte zahlreicher angereist wären.

Auf einen Jäger folgte ein Unternehmer, ein Gastwirt, ein weiterer Gastwirt, ein Künstler-Ehepaar, eine Unternehmerin, ein Privatier, ein Aussteiger reihte sich auf der langen Liste der Besitzer dazu. Die unberührte Natur versprühte einen verlockenden Charme, der anfängliche Reiz verlor sich rasch. Die einsame Lage, die weiten Wege zur Stadt, schränkten einen unbeschwerten Lebensrhythmus ein. Jetzt war der Gasthof verlassen und leer.

Ein milchig weiß-gräulicher Schleier überzog durchgängig das Gemäuer, jede Ecke und Ritze hing voller Spinnweben. Ob die Spinnen selbst dort ausharrten, war nicht sicher. Abgeschieden vom Treiben der Stadt hielt es niemand lange in der Einöde aus. Der letzte Bankkredit wurde nicht abgezahlt, damit gehörte das Anwesen der Bank und irgendwie halb der Gemeindeverwaltung. Bei minimalstem Kostenaufwand prüfte das zuständige Bauamt ob eine Baufälligkeit vorlag oder nicht. Zumindest war es nicht abgesperrt, mehr hatte sein Telefonat mit der Behörde nicht ergeben. Der Koch versicherte ihm, dass dies hieße er dürfe sich dort aufhalten. Die Behörde hat im Prinzip nichts dagegen, möchte aber offiziell nicht in Erscheinung treten, um etwaige Haftungsverpflichtungen auszuschließen.

Vorfreude stand in Lukes Gesicht, er sah sich bereits die vergessene Handelsstraße entlang laufen. Sein betagtes Gefährt entpuppte sich als erstaunlich zäh und leistungsstark, es überwand mühelos die mit Kiesauswaschungen übersäte Schotterstraße. Eine Kehre folgte der anderen, stetig schlängelte sich die Straße den Höhenzug hinauf. Ungeduldig hielt er am Spinnweben-Haus, die Zeit musste er sich nehmen. Er musste eine Entscheidung treffen, ob er hier übernachten konnte oder jeden Abend zurück in die Stadt fahren musste. Trotz Tageslicht nahm er seine Taschenlampe zur Hand. Die Holztür knarrte widerspenstig in ihren Angeln, gab aber den Hauseingang frei. Hektisch verließen zwei Spinnen das Zentrum ihres

Netzes, beide flohen nach oben. Versteckten sich dort im Türrahmen. Unsichtbar in einer Schattenfuge verharrten die Spinnen reglos bis die Gefahr vorbei war.

Im Inneren herrschte staubige Leere. Alle Möbel waren entfernt, sogar das Holzgeländer an der Treppe fehlte. Die oberen Etagen waren für ihn im Vorhinein tabu — falls doch etwas einstürzen sollte, befand sich sein kürzester Fluchtweg nach draußen im Erdgeschoss. Fahl schimmerte das Licht durch glanzlose Scheiben, es flutete lautlos die Räumlichkeiten. Konturlos öffnete das Haus sein Gewerk. Vom Empfangsraum führten drei Türen in dahinter liegende Zimmer und über einen schmalen Korridor erreichte man den ehemaligen Lagerraum und Küchenbereich. Ein Stück dahinter schloss sich der Toilettenbereich an, zumindest deuteten es die verbliebenen Anschlussrohre in Wand und Boden an. Der ursprüngliche Schankraum war verschwunden. Der Thekenbereich und das kleine Büro für die Zimmerverwaltung waren zusammengelegt zu einem Raum. Die Gaststube war dreifach aufgeteilt in zwei Zimmer nebst Korridor und die verkleinerte Empfangshalle. Rustikale Steinzeugfliesen bedeckten unifarben den Boden im gesamten Erdgeschoss. Notdürftig entstaubte er den Bereich unter einem Fenster, der einst zum Verwaltungsbüro gehörte. Oh Wunder, das Fenster ließ sich nach außen öffnen, der aufgewirbelte Staub zog langsam hinaus. Hier würde er heute Abend seinen Schlafsack ausrollen. Perfekt. Er konnte vorläufig den Gasthof verlassen. Beim Hinausgehen tastete er reflexartig seinen Nacken ab, um sicher zu gehen, dass nicht eine der Spinnen ungeschickterweise heruntergefallen war.

Großflächig erforschte Luke mit dem Wagen die mögliche Lage der versunkenen Handelsstraße. Immer wieder hielt er an, stieg aus, verfolgte Spuren im Wald. Suchte eine Verbindung zwischen Schotterstraße und Waldschneisen. Anhand verschiedener Merkmale spürte Luke alte ausgetretene Wege auf, die in Vergessenheit aufgelöst im Waldboden steckten.

Er fand den Taleinschnitt, den er an seinem ersten freien Nachmittag erspäht hatte. Der wurde sein Ausgangspunkt. Diese geologische Senke bot sich früher wie heute als praktische Gebirgspassage an.

In weiten Abständen markierte er Bäume und größere Steine mit Sprühfarbe. Grob ließ sich ein Wegverlauf erahnen, ausreichend für sein geübtes Auge. Die Sprühdose legte er ins Auto zurück, hob im Gegenzug die Kühlbox heraus und setzte Pea auf den Waldboden. Der genoss die Weite, sprang zehn – zwanzig Meter weit davon, huschte auf einen naheliegenden Stein, verschaffte sich Übersicht. Leider einer von Lukes Markierungssteinen, die frische Farbe färbte seine Pfoten Neonorange ein. Er rieb heftig seine Pfote auf dem Stein – kein Erfolg. Ein riskanter Kurvenlauf im Laub, in höchster Geschwindigkeit, folgte. Der gewünschte Effekt blieb aus, die Farbe widerstand den Reibungskräften seines Sprints, Ballen und Pfotenhaare strahlten weiterhin in Neonorange. Luke schob derweil Laub und kleine Äste beiseite, legte den Waldboden frei. Vertieft in seine Arbeit bemerkte er Peas Missgeschick nicht, der mittlerweile Neonpfoten hin oder her unbekümmert umherflitzte.

Bis zum Spätnachmittag legte Luke ein längeres Stück seines Forschungsgebiets frei, in den nächsten Tagen würden genauere Untersuchungen folgen. Pea raschelte unweit von ihm umher, ließ sich nicht lange bitten, folgte seinem Rufen und Klatschen, lief direkt auf Luke zu. Mit viel Geschick sprang Pea im vollen Lauf vom Boden über sein Knie auf seine Schultern. Luke spürte deutlich den rasenden Herzschlag unter dem Fell seines Murmeltieres. Gemeinsam wanderten sie eine Weile auf dem neuentdeckten Handelsweg weiter. Luke hörte dem Wind zu, genoss die Natur ohne suchenden Forscherblick. Auf ihrem Rückweg zum Auto fiel ihm erstmals Peas neuer Farbton auf. Gegen die wasserunlösliche Farbe konnte er nicht viel unternehmen.

Nach ihrer Rückkehr zum Spinnweben-Haus versuchte Luke sein Glück mit einer kleinen Scheuerbürste. Mit einer handlichen Schüssel holte er Wasser aus einem kleinen Bach, der hofnah floss. Weichte ein Stück Seife im Wasser auf und hielt Peas Pfoten hinein, bevor er umsichtig zu schrubben anfing. Er konnte Pea nur wenig von seinem Neonorange abwischen, die Farbe war gut eingetrocknet. Er spülte das seifige Wasser von Peas Pfoten ab und ließ ihn bis zum Abend frei herumlaufen.

Die erste Nacht im alten Gasthof verlief friedlich. Die Kühlbox stand leer auf der Fensterbank. Unterm Schlafsack hatte Pea seine Oberarm-Position eingefordert.

Ein kleiner Campinggaskocher tat morgens seinen Dienst, für den ersten Kaffee des Tages lieferte dieser

kochendes Wasser. Mangels geeigneter Abstellmöglich-
keiten beließ er seine Vorräte und anderes Material im
Auto. Er saß draußen provisorisch auf einem verwitterten
Holzstumpf. Bei einem weiteren Aufenthalt könnten leere
Obstkisten oder Kartons praktische Abstellflächen bilden,
daran müsste er denken.

Sein kleines Frühstück beendend griff er nach dem Autoschlüssel, da raschelte es verdächtig aus dem Wald
unter den Blättern. Im nächsten Moment hockte Pea auf
seiner Schulter. Der kleine Kratzer verfolgte während der
Frühstückszeit seine eigenen Wege, wie von Zauberhand
tauchte er auf bevor Luke nach ihm rufen musste.

Gemeinsam fuhren sie die zwei Kilometer bis zum
gestrigen Markierungsstein. Der Innenraum wippte und
schwankte über die Schotterstraße, eine Kiesauswa-
schung folgte der anderen. Pea hielt sich tapfer auf seiner
Schulter. Beide Hinterbeine rutschten beständig ab, er
gab nicht auf, presste seine Vorderbeine kräftiger an
Schulter und Brust, sein Köpfchen ging vor und schob sich
flugs unter Lukes Kinn.

„Na Dickerchen, wirst du nie aufgeben", dachte Luke.

Pea hielt tapfer seine Position, wie früher als kleines
Jungtier, wo er problemlos auf seiner Schulter hockte.
Peas Wuchs, Größe und Gewicht änderten sich, sein Lieb-
lingsplatz aber nicht.

Am Ziel angekommen improvisierte Luke, er baute aus
herumliegenden Stöcken und Ästen ein Stativ auf. Legte
ein Metermaß zum Größenvergleich auf dem Boden ab,
dann dokumentierte er fotografisch seinen `Neon O`
Claim. Hielt ihn gleich als Tag-1 im Tagebuch fest. Ein

Ritual das sich täglich wiederholen würde.

Das Wetter hielt sich, er ließ an den kommenden Tagen den Wagen auf dem Hof stehen und ging zu Fuß. Pea hinter ihm her, geräuschvoll stöberte dieser durch den Blätterwald. Ein Eichkätzchen kreuzte ihren Weg, im Gebüsch hüpften Singvögel bodennah umher, oben in den Bäumen saßen weitere Vögel und begrüßten zwitschernd einen neuen Tag. Die Gegend war ansonsten still und verlassen.

Gewissenhaft legte er den alten Handelsweg frei, lief längs und quer auf der Suche nach Fundstücken. Kleine Tonscherben, Reste von Kupfermünzen und von Nägeln fanden sich häufig. Die äußere Dreckschicht, eigentlich mehr eine Verwitterungsschicht, rieb er behutsam ab darunter schimmerten die malachithaltigen Münzen im leichten Grünton durch. Die Tonscherben ließen sich nicht zu einem Gefäß zusammen puzzeln, dazu waren sie einfach zu unterschiedlich und zu klein. Töpfe, Schaber aus Eisen; Bruchstücke alter Karrenräder oder ein alter Helm befanden sich diesmal leider nicht unter den Fundstücken. Sein häuslicher Unterstand füllte sich trotzdem. Seine Sammlung kam in eine Kiste, zuvor fotografiert und datiert. Auf seiner kleinen Handskizze der Handelsstraße markierte er deren Fundstellen. Einzelne Nummern vergab er nicht, das blieb besonderen Stücken vorbehalten.

Die freien Tage gingen zu Ende, frühmorgens verließ Luke das alte Haus. Einen letzten Rest Kaffee kippte er vor der Abfahrt neben die Autotür. Der Wagen war fertig beladen, Schlafsack, Campingkocher, Kühlbox gut verstaut.

Ein gebrochener Armreifen mit Edelsteinbesatz, war sein schönster Fund. Allerdings ohne Edelsteine, Fragmente einzelner Fassungen deuteten auf die fehlenden Steine hin. Der Reif bestand aus einem kunstvoll verarbeiteten Metall, welches Rückschlüsse auf sein mögliches Alter zuließ.

Die Schotterstraße, war übersät mit rillenartigen Auswaschungen, diese Unebenheiten forderten ein aufmerksames und umsichtiges Fahren. Die seitlich aufsteigenden Hänge, mal bewaldet mal felsig, offene Wiesen voller Farne, Halmgewächsen und schwirrender Insekten, passierte Luke ohne wertschätzenden Blick.

Vic wartete bereits. Ihr bunt-gemustertes Kleid, setzte einen herrlichen Farbkontrast zu dem überwiegend monotonen erdfarbenen Hofanwesen. Mit eingehaktem Arm zog sie ihn gleich an ihre Seite, führte ihn ins Haus. Er setzte sich an den Küchentisch und gab ihr das Geld fürs Ausleihen inklusive Benzinkosten, da er nicht nachgetankt hatte. Vic wollte es im Namen ihres Bruders ablehnen. Nach einer kleinen für und wider Diskussion legte sie dankend die Geldscheine in eine Küchenschublade. Vic kniete am Boden, wo ihre Hände das Fell vom kleinen Kratzer fanden. Streichelnd fragte sie Luke Löcher in den Bauch. Der leergeräumte Gasthof hörte sich für sie erschreckend an. Sie war mal als kleines Kind dort gewesen, erinnerte sich an ein altes Sofa, auf einer Seite traten die

Sprungfedern hervor auf der anderen hopste sie vergnügt. Neben dem Sofa hatten abgenutzte Möbel herumgestanden, nicht schön aber besser als ein gespenstiger Leerstand – keine angenehme Vorstellung.

Die blecherne Hupe von Arturs Transporter beendete ihr Gespräch, von einer Staubwolke begleitet lenkte Artur auf den Hof ein.

Beim Abschied schenkte Luke ihr eine der frisch gefundenen Kupfermünzen, Vic war kurz verblüfft, ihre Hände umfassten seinen Hinterkopf, spontan und offenherzig wie sie war, drückte sie ihm ihre Küsschen auf beide Wangen. Ihr Haar umwehte seine Nase. Sie nahm ein feines Shampoo mit Melonenduft, stellte er bei dieser Gelegenheit fest. Während er auf dem Beifahrersitz Platz nahm, legte Artur den ersten Gang ein, ruckend zog der Transporter an. Luke winkte zurück zu ihr.

Artur fuhr in Richtung Verwaltungsbezirk / Museumsplatz er hatte dort einen letzten Einkauf zu tätigen. Während der Regierungssitz im Stadtzentrum lag, befanden sich die Verwaltungsämter in der Peripherie. Das dortige Museum für Natur und Kunst hatte seine Gebäude auf einer großen Grünanlage verteilt. Ein Opernhaus und ein Schauspieltheater schlossen sich an. Restaurants und Bars hatten hier ein gutes Auskommen. Tagsüber kamen die Verwaltungsangestellten und abends waren Theaterbesucher ihre Gäste. Ein naheliegendes Einkaufszentrum lockte mit großzügigem Parkplatzangebot seine Kunden in die Vorstadt. Während Artur dort seine Besorgung machte, eilte Luke mit zwei Kisten zum Museum. Im

Camp hatte das wissenschaftliche Team den Inhalt grob vorsortiert, im Labor des Museums sollten nun weitere Befundungen durchgeführt werden. Mit den sperrigen Kisten vorm Bauch drehte er sich rücklings durch die Museumstür. Eine Kiste versenkte sich augenblicklich in den Bauch eines heraustretenden Besuchers.

„Tschuldigung. Ich habe Sie nicht gesehen, Mister".

„Passen Sie besser auf!", harschte der Besucher zurück sichtlich nach Luft ringend. Ein Kisten-Volltreffer.

„Was ist denn los? Kato, macht der Blödmann Schwierigkeiten?", japste ein Besucher hinter dem Mann, der Kato hieß. Von seiner Stirn liefen kleine Schweißperlen zum Ohr hinunter, er schaute mürrisch auf Luke.

„Sei still", giftete Kato zurück.

„Ich kenne dich", wandte Kato sich wieder Luke zu.

„Ich arbeite oben bei den Ausgrabungen vielleicht haben wir ...."

Ohne ein weiteres Wort ließ Kato ihn am Museumseingang stehen, packte den schwitzenden Kompagnon am Oberarm und bugsierte diesen hinaus. Beide verschwanden in der Grünanlage.

„Tut mir wirklich leid", rief Luke ihnen hinterher, bevor er einen zweiten Versuch startete. Ohne erneuten Zwischenfall gelangte er ins Museum und gab die beiden Kisten im Labor ab.

Perfektes Timing, Luke traf zeitgleich mit Artur auf dem Parkplatz ein. Sie stiegen in den Transporter und setzten ihre Fahrt fort.

„Und Artur, haben wir alle Aufträge für heute erledigt?"

„Ich bin mit meiner Einkaufsliste durch. Der Supermarkt hatte alles vorrätig. Die Bestellung ist abgeschlossen. Aber seit letzter Woche haben sie die Preise erhöht.“

„Ich vermute, die Mehrkosten wird das Institut sicherlich klaglos tragen, wir Maulwürfe sind gewöhnlich genügsame Gesellen. Wir kommen mit wenigen Extras aus.

– Ich hatte vorhin einen unglücklichen Zusammenstoß im Museum. War meine Schuld, bevor ich reagieren konnte lief aus dem Museum ein Besucher ungebremst in unsere Kisten hinein. Der war richtig sauer, fuhr ganz übel aus seiner Haut. Der Mann wollte meine Entschuldigung überhaupt nicht annehmen.“

„War es einer aus der Stadt?“

„Schwer zu sagen. Glaube nicht.“

„Hmh. Die kleine Vic, was sagst du, die hat Temperament, was?!“, wechselte Artur kurzerhand das Thema.

Sie hielten an der Route 66. Artur musste tanken. In zweiter Reihe hinter einem LKW stehend wartete er, bis die Zapfsäule frei wurde. Luke stieg aus und lief hin zum Tankhäuschen.

„Hallo, kann ich einen heißen Kaffee bekommen?“

„Kein Problem, ist gerade fertig.“, sagte der Mann hinter dem Verkaufstresen.

Der Bohnenkaffee war traumhaft gut, nach seinem Gaskocher-Kaffee in den letzten Tagen allemal. Der alte Mann verstand sein Handwerk. Luke schaute sich im Laden um. Ihm gefiel das angebotene Sortiment, das vielfältig und von guter Qualität war. Mit den Einnahmen vom Benzinverkauf kam der Mann sicherlich gut über die

Runden. Schlohweiß hingen seine langen Haare herunter, einige waren zu dünnen Zöpfen geflochten. Die Zöpfe wiederum zierten versetzt eingeflochtene Farbbändchen. Diese setzten seine Erscheinung ins rechte Bild. Er hatte etwas von der Welt gesehen. Über viele Jahre auf hoher See unterwegs lernte er etliche Kontinente, Kulturen und Länder kennen bevor er sich vor den Toren der Stadt sein eigenes Route 66 aufbaute.

Ein längliches Panoramabild zeigte eine Bergsilhouette im diffusen Licht eines Sonnenaufganges oder Unterganges, darüber schillerten grün- und kupfer-farbene Vogelfedern. Diese farbenprächtigen Fasanenfedern hingen an der Wand, leicht versetzt zueinander formten sie einen in die Ferne aufbrechenden Vogelzug. Gegenüberliegend stand ein holzgerahmter Rundspiegel mit eingeschnitzten exotischen Vogel- und Blumen-Motiven. Drum herum hingen vereinzelte Bildchen, meistens aus Holz, buntbemalt.

„Hey, zahlen. Ist der Kaffee gut?", lärmte ein übellauniger Trucker beim Eintreten herum. Luke nickte kurz. Egal wie gut der Kaffee war, der Fahrer machte seiner schlechten Laune Luft.

„Der soll gut sein?", baute er sich mit der Tasse in der Hand vor ihm auf. Luke roch den ranzigen Geruch seiner abgewetzten Lederweste.

„Wenn er nicht schmeckt, brauchst du ihn nicht zu bezahlen", der alte Mann stand hinter seiner Kasse. Sein ruhiger Ton ließ dem Fahrer keine Wahl, knurrig drehte er ab, griff beim Rausgehen nicht nach dem hingestreckten Rückgabegeld.

„Was war das denn?"

„Kommt schon mal vor, Mister. Die Jungs sitzen tagelang auf ihren Trucks, da staut sich gelegentlich 'ne Menge Frust auf. Nimm es nicht persönlich. Noch ein Kaffee auf Kosten des Hauses?"

Der zweite schmeckte noch besser als der erste.

„Du bist einer der Neuen auf der Hochebene." Er nickte kurz im Schlucken. „Hatte ich mir gedacht. Ich bin Tashi, das Ohr der Stadt. Einer von den Neuen wollte runter zum alten Gasthof, ein kleiner Ausflug auf eigene Verantwortung. Denke mal du bist das."

„Stimmt, das bin ich Luke-Aurin. Kurz Luke, wie mich alle nennen. Du bist gut informiert", er reichte Tashi freundschaftlich seine Hand. In diesem Moment trat Artur herein und wollte bezahlen.

„Ich weiß schon Ihr habt es eilig. Beim nächsten Mal erzähle ich dir was es mit den Farben in meinen Zöpfen auf sich hat. Ich bemerke es stets, wenn sich einer diese fragend anschaut."

„Sehr aufmerksam, dir entgeht nichts. Ich komme darauf zurück. Verlass dich drauf. Ich schwanke zwischen tibetisch oder nepalesisch mit Tendenz zu Nepal", antwortete Luke.

„Nicht schlecht Kleiner, du überrascht mich. Bis demnächst. Namaste."

„Namaste Tashi."

Die ranzige Lederweste kam vom Toilettenhäuschen, stellte sich am Hinterrad seines Trucks auf. Einen Fuß auf die Bereifung gesetzt verwickelte der Trucker einen zweiten Fahrer ins Gespräch. Er fuchtelte mit einer Hand herum, die andere blieb lässig in der Hosentasche. Hoffentlich suchte er keinen weiteren Streit und es blieb bei einer Fachsimpelei unter zwei Truckern. Sein Seitenblick traf Luke nur kurz, als er zu Artur in den Transporter stieg. Luke widmete der Szene am Truck keine weitere Aufmerksamkeit. Pea hatte derweil geduldig wie immer im Fußraum gewartet. Samt Box kippelte dieser ruckartig vor und zurück als Artur losfuhr.

Während des letzten Teilstücks erfuhr Luke von Artur die eine oder andere Begebenheit aus der jüngeren Vergangenheit im Camp. Gutgelaunt erreichten sie das Lager und er half Artur beim Ausladen der Ware. Erst danach trug er seine Sachen in sein Schlafzelt.

„Hallo Luke, bist du wieder zurück von deiner Tour?", Lian sein Zeltmitbewohner begrüßte ihn.

„Während deiner Abwesenheit gab es aufregende Neuigkeiten. In der Zeitung stand ein großer Bericht darüber. Ein Expertenteam hat neueste Satellitenbilder ausgewertet und vermutet das Gebiet wo Norpeh VI herrschte gefunden zu haben."

„Du meinst das Reich von Maunog?", hakte Luke nach.

„Ja genau. Das fehlende Reich der dritten Dynastie. Unser Professor Lannie, war natürlich nicht begeistert – also über die Entdeckung schon, aber nicht über diese frühzeitige Veröffentlichung. Das Gebiet wird nahe der Landesgrenze vermutet, eventuell ragt es darüber hinaus ins Nachbarland hinein. Es könnte aber auch komplett im Nachbarland liegen."

„Verstehe", nickte Luke, „es wäre klug gewesen, die

beiden Länder hätten sich vorab in einem Expertengremium abstimmen können. Jetzt entbrennt ein Wettlauf, wer der erste ist."

„Kannst du dir vorstellen was für eine Chance das ist, dort als einer der ersten zu graben? Dabeizusein wenn die ganz wertvollen Schätze entdeckt werden."

„Das wäre schon klasse", stimmte Luke zu.

„Ich glaube der Professor versucht bereits im Hintergrund entsprechende Fördermittel und Genehmigungen zu bekommen, um dort eine offizielle Ausgrabung einzurichten. Wenn das klappt, würde ich mich darauf bewerben. Ich habe dir den Artikel auf deine Schlafdecke gelegt. Ich glaube das könnte dich interessieren" mutmaßte Lian.

„Ich danke dir. Ich werde den Artikel auf alle Fälle lesen", antwortete Luke und verstaute dabei noch schnell seine Kisten, bevor er mit Lian das Zelt in Richtung Speisezelt verließ. Es war Essenszeit.

Abends lag Luke zufrieden mit sich auf seiner Pritsche. Glücklich über seine kleine Unternehmung auf einer verloren geglaubten Handelsstraße.

Zwei Tage später, am Ende seiner Schicht, rief ihn Professor Lannie zu sich an den Essenstisch. Alle nannten ihn meistens Lupo, denn er verstand es, kleinste Details ans Tageslicht zu holen – sei es bei Befundungen oder in geselliger Gesprächsrunde aus den anwesenden Mitmenschen. Charakteristisch für ihn war seine vorgebeugte Haltung – als wolle er detektivisch einen Fall lösen, hob seine Hand eine imaginäre Lupe in die Höhe bis vor die Brust.

„Hallo Luke, ich habe mir deinen Armreif unter dem Mikroskop angeschaut. In den Einfassungsabbrüchen konnte ich kleine aber eindeutige Spuren von Rotgültigem Erz finden. Sein feurig rotes Leuchten konnte ich ihm bisher nicht entlocken. Der ehemalige Besitzer hatte sicherlich viel Freude an seiner Rubinblende. Genauer gesagt hatte er einen Pyrargyrit-Kristall erworben."

„Als Schmuckstein verarbeitet ist Rubinblende ungewöhnlich. Die Blende hat doch eigentlich eine zu geringe Abreibungshärte", warf Luke ein.

„Da hast du Recht. Dennoch überzeugte sein feuriger Silberglanz. Die Händler fanden für einen erschwinglichen Preis sicherlich schnell einen Käufer dafür. Ich würde sagen dein Ausflug war ziemlich erfolgreich."

„Danke. Ich wollte nochmals dorthin, jetzt bin ich zuversichtlich, dass der Aufwand sich lohnen könnte."

„Ich verstehe dich gut. Es ist nicht auszuschließen, dass dort weitere beachtenswerte Stücke liegen könnten. Heute Abend treffen wir uns im Laborzelt II. Ich dunkle den Raum ab, mit etwas Glück zaubern wir mit unserer Laserhandlampe ein wenig Feuer aus deinem Rotgültigen Erz hervor."

Der Professor war bereits in Zelt II, mit aufgesetzter Stirnlampe, als Luke eintraf. Der Armreif war in einem Werkstückhalter leicht vorgekippt eingespannt und ruhte dort relativ unscheinbar. Lupo griff zur Laserlampe, beugte sich dicht darüber. Luke folgte ihm, fast Wange an Wange näherten sie sich dem Reif. Lupo stellte die Laserlampe auf Punktfokus ein, bevor er seine Stirnlampe ausknipste.

Er lenkte behutsam den Punktlaser, veränderte dessen Einstrahlwinkel bis das schlafende Herz des Armreifens antwortete. Der verbliebende Rest Pyrargyrit setzte sich wie ein heißes Glutkorn vom umgebenen Metall ab. Sein dunkelrotes Aufglimmen ließ verspielte Männerherzen höher schlagen.

„Hammer! Ich bin total begeistert", strahlte Luke, mit einem Grinsen im Gesicht, nachdem der Professor die Stirnlampe wieder anschaltete.

„Das war stark. Cooler Armreif, der gefällt mir" gab Lupo fasziniert zurück.

„Komm lass uns zurück zu den anderen ins Zelt gehen. Ich gebe dir einen aus", lud Luke ihn freundschaftlich ein. Lupo stimmte zu, um diese Zeit befanden sich noch etliche Maulwürfe im Speisezelt, die dort ihren Kaffee oder Tee tranken. Sie diskutierten in kleinen Gruppen oder erzählten sich Geschichten, bei einem Glas Bier oder Wein.

Der Armreif war weder lotusförmig noch ein Unikat dennoch war er dicht daran seinen Platz in einer Seitentasche zu finden, bis es soweit war verwahrte Luke ihn in einer kleinen Box mit der Aufschrift ‚Materialprüfung offen‘.

Tags darauf hatte er eine Verabredung mit Artur. Sie

kletterten den Hang hinauf bis zu dem Felsvorsprung, von dem man den alten Gasthof erblicken konnte. Artur konnte nicht glauben, dass die alten Gemäuer von dort aus sichtbar waren. Im Gespräch stellte sich heraus, dass der Gasthof vor etlichen Jahren für eine kurze Zeit Arturs Onkel gehört hatte. In der Familie hatte es hochfliegende Pläne gegeben, die sich leider alle in Luft aufgelöst hatten. Unter anderem wollte sein Opa mütterlicherseits mit einer Kombination aus Autowerkstatt und Service dort einsteigen. Geführte Ausflugsreisen sollten zum buchbaren Angebot gehören, ebenso ein Mietautoverleih. Artur wurde in Aussicht gestellt, als Mechaniker oder als Reiseleiter dem Familienunternehmen beizutreten, er sollte sich anstrengen und gute Schulnoten nach Hause bringen. Nicht einmal drei Jahre später, Artur ging noch zur Schule, musste sein Onkel den Hof aufgeben und verkaufen.

Am Ziel angekommen setzten Luke und Artur sich auf einen Gesteinsbrocken und blickten hinüber, derweil verschwand Pea mit winkender Nase.

Emsiges Treiben herrschte in der Maulwurfsburg unter ihnen. Weiße Rauchschwaden zogen vom Küchenzelt nach oben, der Duft von Gewürzen, Zwiebeln und Speck erreichte nicht ihre Höhenlage, er mischte sich mit herbem harzigem Geruch frisch gebrochener Kiefernzweige unterhalb ihrer Anhöhe und löste sich fließend auf. Der aufsteigende Rauch zeugte von Lebendigkeit und war gleichzeitig für den Betrachter ein Ankerpunkt, an dem die Landschaft ruhte. Ein kleiner Schwarm Singvögel stieg auf, flog quer über die Ebene, landete dort wieder im

Geäst von Büschen und Sträuchern. Ihr Zwitschern übertönte für kurze Zeit das Plätschern vom unteren Bachlauf. Die glucksenden und blubbernden Geräusche des fließenden Wassers blieben jederzeit während ihres Aufstiegs und auf dem Felsvorsprung hörbar. Luke und Artur ließen sich vom Rhythmus der Landschaft einfangen. Jeder für sich betrachtete schweigend die weichen Bewegungen und Farbwechsel-Spiele. Nach einiger Zeit verweilten ihre Blicke auf dem alten Gasthof, Artur erzählte erneut von den missglückten Plänen.

Zeitig mit dem letzten Tageslicht stiegen sie hinab zum Camp.

„Danke, schön, dass du dir die Zeit genommen hast."

„Ist doch selbstverständlich Artur. War mir eine Freude."

Sie verabschiedeten sich mit einem Handschlag. Artur eilte für eine letzte Kontrolle zum Vorratslager, um notfalls seine Einkaufsliste für seine morgige Tour in die Stadt zu ergänzen. Luke besuchte derweil das Essenszelt, wo sich um diese Zeit die ersten Ausgrabungsrückkehrer aufhielten. Vor dem Abendessen traf man sich zu einer kleinen Smalltalk-Runde. Luke bestellte sich einen Kaffee und mischte sich unter sie. Ein Turnus den er für die nächsten Wochen beibehielt. Ihr Camp auf der Hochebene lag so weit abseits, dass nicht einmal individuell reisende Backpacker oder kleine Touristengruppen sich dorthin verirrten.

Gut einen Monat später bestieg Luke wieder einmal den Berg. Beim Aufstieg hörte er plötzlich eine Stimme, oberhalb seines Weges schallte sie herunter. Er hatte nicht erwartet hier oben jemanden anzutreffen. Überrascht trat er auf den Felsvorsprung vor und lauschte.

50

„…
rauschend legt sich
über altes Pflaster
ein Abendlicht

den Weg säumen
winderprobt reetbewachsene
Häuser dort

Wellen am Dünenband
brechen für sich
das Land

ziehen fort
im Morgenlicht
altes Land strandet
an fremdem Ort
..“

„Hallo, was für eine Überraschung mit dir hatte ich hier oben nicht gerechnet."

„Sei gegrüßt Luke, der Ausblick ist einfach wunderbar. Das ich den nicht früher entdeckte bleibt mir ein Rätsel."

„Und der Blick hinüber …"

„Stimmt, der alte Gasthof weckt Erinnerungen, das erkennst du richtig. Ich hatte dich nicht bemerkt, bist du schon lange da?"

„Ich war unten auf dem Weg, da hörte ich dich bereits rezitieren. Wenn du das meinst?"

„Das bleibt unter uns. Aurin?"

Er hatte bewusst seinen zweiten Vornamen genannt. Luke stimmte seinem Wunsch kommentarlos zu.

„Was treibt dich hier hoch? Bist du hier auf archäologischer Suche?", fragte Artur nach.

„Anfangs war es die Ruhe vom Trubel im Camp die ich suchte. Mittlerweile komme ich wegen der Aussicht hier hoch. Okay, ein bisschen schaue ich jedes Mal unter Stock und Stein nach. Das Suchen liegt mir im Blut", grinste Luke.

Pea kam zu ihnen, sprang über zwei Felsen auf einen höher liegenden Felsgrat. Dort ließ es sich gut ruhen, die letzten Sonnenstrahlen wärmten sein Fell. Luke und Artur folgten seinem Beispiel und änderten ihre Position auf dem Felsen, so dass sie außerhalb des hereinfallenden Bergschattens standen. Ihre Blicke schweiften über die Ebene, während sie sich gegenseitig über ihre kleinen Erlebnisse auf dem alten Hof austauschten.

„Aufwachen kleiner Faulpelz. Komm wir gehen jetzt",

rief Luke nach einer Weile Pea zu sich. Zusammen mit Artur machten sie sich auf den Rückweg.

Pea bekam zum Abschied eine ordentliche Streicheleinheit bevor Artur ging. Für Luke war es einer seiner letzten Tage im Camp. Sein Planquadrat, abgepinselt und gefegt, hatte die erhoffte Tiefe erreicht. Zusammen mit Thomas bekam er für die restliche Zeit ein neues Grabungsareal zugewiesen. Es handelte sich dabei um Vorarbeiten am äußeren Rand der Anlage, sie legten eine L-förmige Fläche frei. Die Wissenschaftler erhofften dort Hinweise auf einen künstlichen Wasserzulauf zu erhalten. Das gestaute Wasser könnte als eine Art frühzeitliche Gassenreinigung gedient haben. Solche Systeme hatten eine weitreichende Tradition in mittelalterlichen Anlagen. Ein Nachweis in ihrem bedeutend älteren Claim wäre in Fachkreisen eine kleine Sensation. Solch ein Beleg würde dem gesamten Projekt eine höhere Bedeutung und Priorität einräumen, für ihren Etat könnten Fördergelder schneller bewilligt werden. Die Freilegung der ersten Erdschichten erfolgte sorgfältig, dennoch sah man jeden Tag den Fortschritt mit bloßen Augen. Tiefer und tiefer senkte sich das ausgehobene L-Stück ab. Es waren Vorarbeiten, die wichtigen Erdschichten würden in der nachfolgenden Grabungssaison abgetragen, dann begann die eigentliche Beweisführung.

Für Aron gab es eine Woche Urlaub, dann ging seine Saison in einem anderen Camp weiter. Viele der Wissenschaftler führten ihre Arbeiten unten im Museum fort.

Für das restliche Team endete der Kontrakt mit dem Institut, Luke-Aurin war darunter. Am Abend zuvor hatte Aron seine Dankesrede gehalten, nicht ohne Werbung für sein Projekt „Altes Königreich IV" zu machen. Ein jeder könne sich wieder bewerben, er würde sich darüber freuen, immerhin lief das Forschungsprojekt nächstes Jahr und noch weitere drei Jahre. Der letzte gemeinsame Abend wurde gefeiert und endete spät in der Nacht. Trotz weniger Stunden an Schlaf, packten sie am Morgen frohgelaunt ihre Siebensachen und räumten ihre Zelte. Bis auf eine kleine Notbesetzung verließen nach ausgiebigem Frühstück alle das Zeltdorf mit dem Bus. In den nächsten Tagen holten zwei LKW das bewegliche Inventar ab, die Zeltanlagen werden danach wetterfest verschlossen.

Der Bus hielt an zwei Haltestellen, einmal im Stadtzentrum und einmal am Museum. Luke stieg im Zentrum aus, an der Stelle, wo er vor Monaten abgeholt worden war. Vic wartete mit einem frechen Grinsen und leuchtenden Lippen auf ihn. Sie hatte ein peppiges „Water Melon"-Rot mit ihrem Lippenstift aufgetragen. Vic trug ein einfarbiges Kleid, ein heller Farbton, der nach obenhin nahtlos kräftiger wurde. Eine schmeichelhafte Silberkette lag um ihren Hals, welche ihre frischen „Water Melon" Lippen unterstrichen. Ihr kurzes Kleid umwehte beide Knie, sie lief ihm beim Aussteigen entgegen, in der hochgereckten Hand hielt sie den Autoschlüssel. Heute war sie seine Chauffeuse, sie brachte ihn zum Spinnweben-Haus.

Zuvor stoppten sie am Corner Nine einer großen

Markthalle, ein langgezogener Stahlbau dessen Längsseiten fensterlos hochgemauert waren. Ein schweres Stahlgitter verband die Stirnseiten bis unters Dach. Die Zwischenräume des Gitters waren verglast, in den oberen Etagen zusätzlich kunstvoll ornamentiert. Auf einer Seite rankte bildhaft die Blume der Region in hellen Farben empor und auf der anderen hielt erhaben der stadteigene Adler als Wappentier Ausschau. Ursprünglich als Fischhalle konzipiert ergänzten stilecht Fisch- und Anker-Motive die Fassade. Die Mehrzahl der Stahlstreben zierte eine aufwändige Blätter-Ornamentik aus dem 19. Jahrhundert. An beiden Stirnseiten schwangen jeweils zwei große Flügeltüren nach innen auf und öffneten die Halle meterbreit mit einer stattlichen Höhe von fast 4,80 m. Pea blieb im Auto. Vic hakte sich bei ihm ein und genoss den Bummel durch die Marktstände. Ihr nach Melonen duftendes Haar kitzelte unter seiner Nase. Eine große Auswahl an Obst- und Gemüseständen verteilte sich innerhalb der Halle, während kleine Imbissstände entlang der fensterlosen Außenwände zum Verzehr verschiedenster Speisen einluden. Auf den Theken standen kleine Probierschalen mit mundgerecht zugeschnittener Ware. Die Händler lockten mit frisch gepressten Säften die Kundschaft an ihre Stände. Vic nahm einen Mango-Orange-Mix und er einen eisgekühlten Wassermelonen-Saft. Sie schlenderten weiter durch die Halle. Landestypisch boten die urigen Imbissstände gegrillten Fisch, Pfannengerichte mit und ohne Fleisch, diverse Aufläufe und exotische Gerichte an. Heißes Fett knisterte und spritzte auf offener Flamme.

Mit flinken Händen drehte die Köchin ihre kleinen Brotscheiben auf der heißen Eisenplatte. In ihren Kochschalen brutzelte das Öl. Heiße Fettperlen spritzten hinaus. Exotische Gewürze warf sie mit geübtem Blick in die Kochschalen hinein. Unablässig verhüllten Dampfschwaden ihren Imbissstand. Neugierig näherten sich Vic und Luke dem Stand. Es roch gewaltig nach Knoblauch. Eines der Scheibchen tauchte sie in eine Schale, so dass es sich vollsog. Seitlich stapelten sich einige handtellergroße Blätter. Sie legte eines dieser grünen Blätter vor sich hin und dekorierte es mit Gewürzen und Pasten bevor sie das getunkte Scheibchen und einige Pilze, aus einer anderen Schale nehmend, dazulegte. Dann reichte sie es ihnen hinüber, das grüne Blatt diente dabei als Teller. Luke griff begeistert zu. Die Verkäuferin nickte und sie erhob ihre Hand mit zwei gespreizten Fingern. Vic lehnte dankend ab, sie bräuchten keine zweite Portion. Vic und Luke teilten sich die eine Portion. Herzhaft biss Luke zu. Oh, es war sehr heiß. Eine Mischung aus kauen und Schnappatmung begleitete seinen Bissen. Es war extrem lecker, er konnte nicht stoppen. Mit dem letzten Brotkrumen dippte er die kleine rote Paste am Rand weg. Es ging so schnell – Vic hatte keine Chance einzugreifen. Genussvoll rutschte die Paste seine Speiseröhre hinunter, noch im Röhrchen entfachte sie ihr Feuer. Seine Zunge samt Rachenraum war schlagartig taub. Die herzige Köchin reichte ihnen eine Flasche über den Tresen bevor sie ihre Hände seitlich in beide Hüften stemmte. Ihr pausbäckiges Gesicht strahlte über ihre geröteten Wangen hinaus. Amüsiert lächelnd verfolgte sie das Schauspiel vor ihrem

Stand. Eilig ergriff Vic die Flasche und reichte sie Luke. An beiden Schläfen strömten längst Schweißperlen hervor, der milde Trinkjoghurt verschaffte Luke eine kleine Linderung. Trotz dieser Abschwächung hielt sein Körper den Abwehrmechanismus für längere Zeit aufrecht. Ein weiteres Mal wollte sich dieser nicht derart übertölpeln lassen.

„Was war denn das?!"

„Die rote Paste von Frau Fu. Die kennt jeder in der Stadt. Die ist reserviert für die besonderen Feinschmecker", strahlte Vic ihn augenzwinkernd an.

Eingehüllt in Dampfschwaden blickte Frau Fu freudig grinsend zu ihnen.

„Sag ihr bitte, das Essen war richtig gut – bis der Vulkanausbruch kam?!. Meine Zunge fühlt sich immer noch taub an."

„Das gibt sich bald. Übrigens hinter ihr im Regal stehen kleine Gläschen, in einem gibt es auch die rote Paste zum Mitnehmen", sagte Vic.

„Oh, davon werde ich zwei Gläschen kaufen. Ein Mitbringsel für meine besten Freunde Zuhause."

„Viele beste Freunde wirst du dann nicht mehr haben", Vic gab ihm einen kleinen Rippenstoß in die Seite.

Frau Fu reichte ihnen die gewünschte Paste. Vic bezahlte. Belustigt und gut gelaunt nickten sie Frau Fu nochmals zu und bummelten weiter über den Markt.

Vor einem Backware-Stand hielten sie erneut an, wählten vier Fladenbrote natur und zwei mit Kümmel aus. Am Nachbarstand wurde ein Riegel Datteln und zwei Beutel mit Nüssen erworben, das heißt beinahe. Vic handelte geschickt die Preise auf ein ortsübliches Niveau herunter.

Der Nussverkäufer unterschätzte Vics Verhandlungsgeschick, er ging nicht auf ihr letztes Angebot ein. Bevor Luke auf den Handel einschlagen konnte, zog Vic ihn weg vom Verkaufsstand. Zwei Reihen weiter kauften sie ihre Ware für den von Vic gewünschten Preis.

„Geh schon mal zum Auto", entschuldigte sich Vic am Ausgang von Corner Nine und entschwand Richtung Toiletten. Mit seinen Papiertüten bepackt ging er zum Parkplatz. Ihm kam ein Mann entgegen, der streichholzkauend links vor ihm abbog. Im Hintergrund entfernte sich zeitgleich ein weiterer Passant, dessen dunkler Mantel über seinem Bauchansatz spannte. Luke meinte beide zu kennen. An den Trucker von der Tankstelle erinnerte er sich zuerst. Trotz der fehlenden typischen Lederweste, war er sich dennoch sicher, dass der Mann mit dem Streichholz im Mund der Trucker war. War es nur Zufall oder kannten sich die beiden? Wer war bloß der andere Mann? Vic eilte herbei, ihre Zähne blitzten zwischen ihren roten Lippen hindurch. Diese Erinnerung half ihm auf die Sprünge. Der Geschäftsmann aus dem Hotel, das könnte er gewesen sein. Er hatte lange Zeit den Tisch vorm Kamin blockiert, bevor er sich endlich auf sein Zimmer zurückgezogen hatte. Die Proportionen könnten passen. Gut, dass ihn der Trucker nicht erkannte, womöglich hätte er einen weiteren Streit vom Zaun gebrochen. Noch in Gedanken versunken stieg er zu Vic ins Auto. Vom Parkplatz kommend hielten sie an der Verkehrsampel, sortierten sich links auf die Hauptstraße ein. Vor ihnen querte ein Fußgänger die Seiten, seine vernarbte Schnittwunde im Gesicht war leicht erkennbar.

„Was ist denn hier heute los?", verwundert schüttelte Luke seinen Kopf. Aus allen Ecken schlüpften urplötzlich halbvertraute Personen hervor.

Vic war in ihrem Element und plauderte frei drauf los. Wiederholt bedauerte sie, dass sie nur heute Zeit hatte, da sie am nächsten Tag mit Freunden verreiste. Vic weihte Luke in aktuelle Stadtgerüchte ein, erwartete zu Familiengeschichten von ihm eine Aussage oder zumindest eine Meinung. Sie hielten erneut an, diesmal am Stadtrand bei `Mama's Finest´, laut Vic das beste Fischrestaurant des ganzen Landes. Es stimmte, der Fisch war punktgenau gegrillt mit raffinierten Beilagen garniert. `Mama's Finest´ servierte eine Spitzen-Qualität an ihren Tisch. Vic und Luke saßen auf der Terrasse mit Blick auf die Grünanlage. In freier Form angelegt dominierte, passend für das Fischrestaurant, ein Teich den Garten. Ob echte oder artverwandte Seerosen dort schwammen, wusste Luke nicht, sie waren aber allemal wunderschön anzusehen. Bläschen perlten nach oben, von darunter treibenden Fischen abgeschickt. Springende Fische schienen darunter zu sein, ihr schnelles Auftauchen nahm man im Augenwinkel wahr. Man hörte ihr leises plantschen im Wasser, sobald der Kopf sich dem Geräusch zuwandte waren sie längst unsichtbar abgetaucht. Als könnten die Fische die Szene von Unterwasser beobachten warteten sie solange mit dem nächsten Auftauchen bis alle Gäste sich wieder wegdrehten.

„Komm", zog Vic ihn bei der Hand nehmend zum Teich. Sie hatten bezahlt und müssten eigentlich weiterfahren.

„Hier. Hier schau nur. Ich hab' mir die ganze Zeit auf die Zunge gebissen damit ich mich nicht verplappere."

Der abgeschrägte Uferrand war mit Kieselsteinen überdeckt, das leicht getrübte Wasser schwappte zu ihren Füßen und ließ im Nachhinein im hinteren Bereich Vics Geheimnis erkennen. Dicht unter der Wasseroberfläche drifteten kleine Wasserschildkröten. Vorsicht streckten Vic und Luke ihre Hände aus und berührten ihre Panzer, zugleich zogen diese ruckartig ihre Köpfchen ein und entfernten sich tauchend einige Zentimeter vom Ufer. Sie blieben nicht lange fort, kamen wenig später zurück an ihren Lieblingsplatz. Wo erneut ein Finger, eine Hand sie verspielt berühren konnte. Zum Abschied gab es eine kleine Fotosession. Schildkröte allein, mit Finger, mit Hand, mit Zeh und ein Kellner fotografierte sie beide, ihre Köpfe dicht übers Wasser haltend.

Während der Weiterfahrt zum alten Gasthof kommentierten sie begeistert ihre Aufnahmen. Vic meckerte über das Foto mit ihrem Zeh, er sollte das Bild umgehend löschen. Die Lackierung wäre brüchig und schlecht ausgeführt, das störe sie. Luke vermutete eher, ihre Lieblingsfarbe von vor zwei Tagen war heute nicht mehr angesagt und daher sollte das Bild mit der alten Trendfarbe verschwinden.

Ein weiteres Schlagloch schüttelte den Wagen durch, sie rumpelten um eine Kurve und das Spinnweben-Haus kam in Sichtweite.

„Da kommt dein Schloss für die nächsten... wie lange bleibst du nochmal?"

„Fünf Tage auf alle Fälle, vielleicht werden es zehn Tage. Ich rufe mir dann ein Taxi aus der Stadt."

„Gute Idee. Mein Bruder braucht diesmal seine Kiste selber. Ich liefere den Wagen nachher bei ihm ab."

„Danke, dass du mich hergefahren hast. Ich hätte mir zwar ein Taxi nehmen können, aber mit dir war ..."

„Das hätte ich nicht zugelassen.", unterbrach ihn Vic, „Schlimm genug, dass ich nicht bleiben kann."

„Komm! Du wirst viel Spaß mit deinen Freunden haben. Ein Badeurlaub am Meer. Faulenzen am Strand, das willst du nicht wirklich gegen diese Einöde eintauschen."

Sie zwinkerte ihm zu, er hatte Recht, sie freute sich seit langem auf diese Reise ans Meer mit Sandstrand und viel Musik und Tanz. Eine Hausbesichtigung sollte nun aber doch nicht verpasst werden.

„Oh je. Wie trostlos dieser Kahlfraß.", ihre Worte drückten tiefe Enttäuschung beim Hinaustreten aus. Sie hatte ganz andere Erwartungen an die Gasthofbesichtigung geknüpft. Der Anblick der verstaubten leeren Räume und kahlen Wände nahm ihr das Interesse an einer längeren Hausbegehung. Sie durchflogen kurz das Erdgeschoss und beendeten nach wenigen Minuten die Besichtigung. Insgeheim hatte sie gehofft das alte Sofa oder eine andere schöne alte Erinnerung zu entdecken, aber da war nichts. Kein Stuhl. Kein Tisch. Ein Wunder, dass die Fensterflügel nicht durch einen Bretterverschlag ersetzt waren.

„Das ist mal ein erbärmlicher Anblick. Ich würde sagen, ich bin doch froh die nächsten Wochen am Meer zu sein. Ich wünsche dir ... – euch", setzte sie mit Blick auf Pea hinzu, „Viel Spaß und eine erfolgreiche Suche."

Dann gab sie ihm ihr Melonenküsschen in mehrfacher Ausführung auf beide Wangen. Ihre winkende Hand aus dem Seitenfenster gestreckt, war das letzte was er von ihr sah.

Ein später Nachtfrost grüßte in den nächsten Morgen hinein, Raureif überzog alle Fensterscheiben. Luke blieb kurz im Schlafsack liegen, mit verschränkten Armen hinter seinem Kopf. Er betrachtete die kleinen Raureif-Kristalle an der Fensterscheibe, sein Blick folgte einem kleinen Fussel, der langsam hinunterschwebte. Nochmals streckte er sich im Schlafsack, bevor er den Reißverschluss öffnete und aufstand. Luke schaute an der Eingangstür hinaus. Der Waldboden, mit halbangefrorenen Blüten, Ästen und Zapfen übersät, wirkte wie frisch gewaschen. Jeder Schritt konnte in einer Rutschpartie im Spagat enden, eine gesunde Skepsis war vonnöten. Den Campingkocher und weitere Utensilien stellte er im Empfangsraum auf und frühstückte im Haus. Er saß auf dem Boden, da er vergessen hatte einige Obstkisten als Sitzmöbel zu organisieren. Der kleine Kratzer verspürte keinen Drang nach draußen zu laufen, er blieb lieber in seinem Bau. Was in diesem Fall der Boden neben Lukes Beinen war. Luke zog sein Frühstück in die Länge, aber mehr als dreißig Minuten schaffte er nicht. Er war wach und fit und wollte raus, Neues auf seiner Straße der Rubine entdecken. Wie er sie, nicht ganz korrekt, gern nannte. Seine Freunde und Kollegen im Camp hatten interessiert nach seinen Erlebnissen auf der Exkursion gefragt, er erzählte ihnen begeistert von seinen Funden, zeigte Fotos und schmückte seine Geschichte weiter aus. Der Erfolg, mit Lupo ein Glutkorn zu entfachen, ließ ihn jedes Mal leuchtende Augen bekommen, er taufte die vergessene Handelsroute in Straße der Rubine um.

Er machte sich zum Gehen startklar, zog aufs neue seinen ‚Kiwi' Strumpf zurecht. Pea wählte eine andere Alternative und schaltete in eine sanfte Art von Winterschlaf um, kringelte sich draußen unweit der Eingangstür, seine Bärchennase kuschelig unters warme Vorderbein geparkt, ein.

Luke zog alleine los. Er querte über die Hofeinfahrt und sprang über den langsam fließenden Bach in den Wald, dort erreichte er einen schmalen Pfad, der sich zur Handelsstraße schlängelte. Beide Schuhspitzen drückte er schräg nach unten, vergrößerte dadurch seine Auflagefläche. Im nächsten Moment balancierte er, seinen Oberkörper leicht vorgeneigt, sein Gewicht gleichmäßig auf beide Füße. Die feuchte glitschige Erde gab nach und er rutsche die vor ihm liegende Böschung hinunter. Ein kleiner Spaß, mit Schwung und einem Lächeln im Gesicht in den neuen Tag hinein.

Seine Farbmarkierungen verblassten bereits, eine Erneuerung war nicht nötig, aber wenn, dann hätte er am liebsten peppiges „Water Melon"-Rot gewählt falls es den Farbton in Sprühdosen gab. Einige hundert Meter lief er auf der Straße der Rubine entlang, an der rechten Seite lag sein heutiges Ziel. Eine Aushöhlung im massiven Felsgestein, vielleicht diente es in Zeiten des Handels als

Schutzort vor Unwettern und heftigen Regenschauern. Andernfalls hätte man ein großflächiges Leinentuch davor gespannt, wäre es ein geeigneter Platz für eine Kontroll- oder Verkaufsstelle gewesen. Falls sich Menschen in der Aushöhlung aufgehalten hatten, um zu warten oder um Handel zu treiben, dann sollte man Spuren von ihnen am Boden und in den Zwischenräumen der Felsen finden.

Die geschützte Lage kam ihm bei dem heutigen Schmuddelwetter ganz recht. Das eine oder andere Schneckchen setzte er vor die Tür, damit er es nicht unabsichtlich zerquetschte. Die großen Waldkäfer fühlten sich allgemein gestört und gingen von allein hinaus.

In gebückter Haltung suchte er bodennah, rutschte mal vor- mal seitwärts, hatte dabei seine Hände tastend vorgestreckt. Die schmalen dunklen Felsenrisse erhellte seine Stirnlampe bis tief ins unterste Gestein. Kratzhaken und Pinsel lagen griffbereit auf einem Linnentuch neben ihm.

64

Der Vormittag verstrich, trotz unguter Vorahnung hängte er nach der Mittagspause eine weitere Stunde dran. Ohne Erfolg, hier gab es nichts zu entdecken. Er stellte die Suche in der Aushöhlung ein und folgte weiter der Straße der Rubine eine Anhöhe hinauf, bis er den oberen Rand der Klippe erreichte. Die steil abfallende Bergformation zog eine harte Grenze. Ab hier war es schwierig, den weiteren Verlauf der Straße zu bestimmen. Als Händler, der einen schweren Lastkarren hier hoch schob, simulierte Luke für sich, hätte er seine Last nach rechts auf die abgeflachte Kammschulter gerollt. An einigen Stellen schien der Verlauf mit Bruchsteinen geebnet, was seine Theorie unterstrich. Luke hatte bereits tatkräftig bei seinem ersten Besuch kleine Neonorange Punkte dorthin gesprüht.

Er blickte hinaus über die Klippe auf ein endloses Feld voller Baumwipfel. In der Ferne liefen bewaldete Hügelketten stufenartig ineinander, versperrten den Blick ins Landesinnere. Ein feuchtes Glitschen am Bein ließ ihn ruckartig zusammen zucken, er fühlte eine kühle Stelle am unteren Hosenbein.

„Wo kommst du denn her? Hoffentlich nicht aus der alten Aushöhlung, dann hättest du dich sehr lange versteckt. Ich lass dich besser hier rumtoben“, zwischen Daumen und Zeigefinger hielt er den blinden Passagier hoch. Unter einem kleinen Strauch setzte er die dunkle Nacktschnecke ab. Er nutzte den Moment, zog Hose und Pullover flugs aus – Entwarnung, es waren keine weiteren blinden Passagiere mitgereist. Erleichtert zog er seine Klamotten wieder an.

Ein letzter weiter Blick hinüber zu den Ausläufern des Hochgebirges. In dessen rückseitigem Verlauf sich Ländereien und Industrieanlagen einer Vorstadt anschlossen, man sah weder den Rauch noch hallte der Lärm der pulsierenden Provinzstadt herüber.

Pea lag bei seiner Rückkehr an der gleichen Stelle wie am Morgen. Als dieser bei seinem Erscheinen auf seine Schulter hopste, war er sicher, Pea wollte keinen ausgiebigen Winterschlaf halten.

Der nächste Morgen war bedeutend milder, er frühstückte im Freien. Genoss die erste Tasse heißen Kaffees unter blauem Himmel. In der Nacht war er kurz aufgewacht. Geräusche aus der Stadt waren herüber gehallt. In der Ferne hatte er rötliche Lichtreflexe aufblitzen sehen. Es war das erste Mal gewesen, dass etwas aus der Stadt hörbar wurde. Vielleicht hatte der Wind aus einer ungünstigen Richtung geblasen, schläfrig hatte er sich mit dem Gedanken zufrieden gegeben und war zurück in seinen Schlafsack gekrochen, ohne unnötig weitere Restwärme zu verlieren.

Bis zur Böschung ließ sich Pea tragen. Ab da wollte er runter, konnte es nicht mehr erwarten, seinen Vorder- und Hinterbeinen freien Lauf zu lassen. Es schien als wollten die Hinterbeine die vorderen überholen, sie waren manchmal dicht daran zu gewinnen. Vor ihnen lag gut erkennbar Lukes gestrige Rutschbahn, ließ sich der kleine Kratzer davon inspirieren? Das Gefälle sorgte für zusätzlichen Schwung. Sein Köpfchen vergrub sich ungewollt im aufgewühlten Boden, ein Drehpunkt. Er konnte es nicht mehr aufhalten, temporeich bis zur letzten Haarspitze verlief sein Bewegungsfluss, sein Rückgrat überholte samt Schwanz den Kopf. Blätter stoben fort, knacksten unter seinem Gewicht, eine Rolle vorwärts folgte der anderen bis seine Vorderbeine wieder Halt fanden und den rollenden Zug stoppten. Kopf hochhaltend, kurz orientiert, Luke gesichtet, peste Pea sogleich weiter durchs Blattwerk.

Heute setzte Luke seine Untersuchung auf dem Klippenkamm fort. Obwohl er wusste, dass es nicht sein konnte, zog er sich oberhalb der Klippen flugs aus und wieder an. Wie erwartet fand er keinen neuerlichen blinden Passagier.

„Hey, was machst du hier. – Mist!", wurde er von hinten angerufen.

„Ich ...", weiter kam er nicht. Kopfdrehend blickte Luke in ein finsteres Gesicht. Der Mann mit der schiefen Nase hatte sich von hinten genähert. Durch die Anstrengung des Aufstieges war die Narbe auf seiner Nase leicht erkennbar.

„Oh ist das schwer. Sind wir bald da. Nächstes Mal trägst du. Blöde Idee", schimpfte es hinter dem Mann.

Zwei weitere Gestalten tauchten dort auf.

„Warum hältst du? Was ist los? Mist, wo kommt der blöde Kerl her", beschwerte sich der zweite Mann, dann fuhr er, zu Luke gewandt, fauchend fort: „Dich kenne ich doch. Hast du mich nicht mit der Kiste gerammt? Und – Moment mal – im Hotel warst du auch. Schnüffelst du hinter uns her? Verzieh dich bloß, sonst setzt es Keile."

„Zu spät", zischte der erste Mann dazwischen.

„Ihr seid die Jungs aus dem Hotel und mit euch beiden stieß ich in der Eingangstür zusammen", dabei zeigte Luke auf die hinteren Gestalten.

„Dann bist du Kato", folgerte Luke.

„Was? Wieso kennt er deinen Namen?", schaute der erste Mann verärgert Kato an.

„Von Joris natürlich, der hat ihn laut und deutlich gerufen. Ich hab ihn mir hinterher gleich …"

„Sei still, du machst alles noch schlimmer", zischte der Mann dazwischen.

„Los Hände auf den Rücken. Mach keinen Blödsinn", wandte sich dieser wieder Luke zu. Mit finsterer Miene und gezücktem Messer kam der Mann drohend auf ihn zu.

Pea kam seitlich auf ihn zu gerannt. Für den Moment waren alle überrascht.

„Was ist das für ein Mistvieh", zischelte der Mann mit dem Messer. Pea rannte auf den fremden Mann zu. Der hob nur seinen Schuh, traf Pea seitlich und wischte ihn über die Klippe hinweg. Schmerzhaft gruben sich die Aufschläge seines Fallens in Lukes Magen ein. Es ging verwirrend schnell, er konnte nicht eingreifen. Bitterste

Tränen flossen ihm übers Gesicht mit weichen Knien sackte er zusammen. Der Mann brauchte nicht mehr viel zu befehlen, band ihn mit einem Strick die Hände auf den Rücken fest und zog ihn wieder auf die Füße. Schubsend gaben sie Luke die Richtung an. Er lief vorweg dann folgte der Mann mit der schiefen Nase und zum Schluss die zwei Gestalten, die einen sperrigen Gegenstand zwischen sich trugen. Sie folgten bergab einem kleinen Rinnsal. Als dieser in ein zweites mündete, wechselten sie die Hangseite und stiegen ein Stück aufwärts. Folgten dort einige Zeit dem oberen Kammverlauf, bogen anschließend rechts ab um erneut bergab zu laufen.

Rückseitig näherten sie sich dem alten Gasthof, querten diagonal über den Hinterhof, traten durch die Hintertür in die alten Gemäuer ein. Während der ganzen Zeit sprachen die drei Männer kein Wort, das Stöhnen und Jammern der tragenden Gesellen zählten nicht.

Luke befand sich ganz betäubt in einer anderen Welt gezeichnet von Trauer, Übelkeit und Schmerz. Seine Welt hatte jäh auf der Klippe gestoppt. Ohne Zeitgefühl, ohne Interesse an sich selbst, stand er in seinen Gedanken weiterhin oben auf dem Klippenkamm.

Ihr Halt schien geplant, die drei kannten sich sehr gut in dem Gebäude aus.

„Du machst draußen die Luke frei. Keine Namen mehr, klar?!", bestimmte der erste Mann.

„Okay", Joris ging in den Hinterhof, befreite die gammligen Bohlenbretter vom Dreck und Staub der letzten Jahre. Kato half ihm beim Öffnen der Bodenluke, die beiden Flügeldeckel knarzten in ihren rostigen Bändern.

Über vier, fünf verwitterte Steinstufen gelangte man hinab in einen alten Stauraum, wo früher Brennholz und später Kohle oder beides gelagert hatte. Altes Gartengerät und ausgedientes Gerümpel moderten vor sich hin. Dort hinunter wurde Luke gedrängt.

Zuvor nahmen sie ihm den Strick ab, das war alles, auf mehr konnten sie sich nicht einigen. Immer wieder brausten Diskussionen zwischen ihnen auf, die der Mann mit der Narbe harsch stoppte. Ihr undeutliches Gemurmel drang zu ihm in den Keller.

Ihr Plan müsste geändert werden. Sie beratschlagten eine Rückkehr in die Stadt. Eine Woche bis der gröbste Trubel vorbei sei. Ein Wortwechsel über eine verpasste Schuldenzahlung endete in lautstarken Streitigkeiten. Zeitweise polterten sie in den oberen Etagen herum, er hörte deutlich ihr Getrampel auf der Treppe.

Sie holten ihn nochmals aus seinem Keller nach oben.

„Wir haben deinen Schlafsack gefunden. Bist du allein? Sei ehrlich.“

„Ja“, erwiderte Luke.

„Okay, das reicht mir. Siehst du das?“ Er hielt ihm sein Messer dicht unter seine Wangen und Augenpartie.

„Verpass ihm ein Andenken.“

„Hörst du? Nachdem Ärger den du uns bereitest, hätte ich nicht übel Lust dazu. Du kriechst da wieder rein und kommst uns nicht mehr unter die Augen. Verlasse meine Stadt und mein Land und komm nie wieder zurück. Vergiss niemals, ich bin sehr geschickt mit dem Messer. Los wieder rein ins Loch.“

Luke drehte sich, ging zurück, für Kato wohl zu langsam oder sein Groll auf ihn brach sich Bahn, kurz und präzise kam der Schub.

Im Fallen entwich ihm ein lauter Schrei wie damals im fernen Noorland. Luke schlug hart auf den Kellerboden auf. Seine Gedanken entschwanden der Gegenwart im Gasthof und er erinnerte sich an die weit zurückliegenden Ereignisse in Noorland:

Aaaaahhhhh.

Ein endloses Fallen und Rutschen. Nasser Schlamm pappte sich an seiner Hose und seinem Hemd fest. Nähte weichten auf. Feuchte Erde drang tiefer unter den Stoff. Seine Haare verklebten am Hinterkopf. Beide Ohren füllten sich mit feuchtem Dreck. Er breitete seine Arme aus um irgendwie Halt zu finden. Die Rutschpartie wollte nicht enden. Er hatte den Überhang übersehen, starke Regenfälle hatten tags zuvor den Boden aufgeweicht und seinen Trampelpfad unterspült. Sein Körpergewicht reichte aus um den Überhang auf einer Breite von mehreren Metern nahtlos abstürzen zu lassen. Mitten drin in dieser Schlammlawine trudelte er abwärts. Seine Finger krallten sich in den losen Boden. Rissige Fingerkuppen und -nägel blieben zurück, wenngleich seine Fahrt sich dadurch nicht verlangsamte. Dürres Gestrüpp bedeckte den Hang, in Felsvorsprüngen wurzelten kleine Büsche. An solch einem Vorsprung fanden seine Beine ein wenig Halt. Vorsichtig balancierte er sich aus. Ein fester Griff mit seiner oberen Hand ins Gebüsch sollte weitere Stabilität bringen. „Autsch!“, schlagartig zog er seine Hand zurück. Er schüttelte seine brennende Hand um den Schmerz zu vertreiben. Er hatte keine Wahl, er griff nochmals zu. „Aua. Autsch!" Ein stechender Schmerz durchzuckte erneut seine Hand. Noch einmal wiederholte sich der Ablauf. Beim vierten Mal fand er besseren Halt an einem biegsamen Zweig.

Auf dem Rücken liegend sondierte er seine Lage. Sachte entlastete er sein rechtes Bein. Mit dem Schuhabsatz untersuchte er den Untergrund. Wieviel Halt bot dieser? Gab es Mulden oder kleine Vorsprünge die er nutzen konnte? Nach einiger Zeit fasste er Vertrauen in den Gesteinsvorsprung, auf den er sich stützte. Langsam drehte er sich auf den Bauch um. Ein Blick nach oben gab ihm neue Hoffnung. Er sah genügend Unebenheiten, wenn auch mühsam, konnte er auf dem Bauch robbend nach oben gelangen.

Flüchtig schaute er auf seine blutende Hand. Was für ein widerborstiger Dorn konnte sich so schmerzhaft tief in seine Haut bohren? Eigentlich wollte er es gar nicht wissen, hatte keine Zeit dafür, dennoch siegte seine Neugier. Langsam schob er seinen Körper Richtung Gebüsch und hob die unteren Zweige vorsichtig an. Spähte hinein zu den Dornen... – aber was war das? Was schaute ihn da an? Etwas kleines Rundliches aus einem felligen Kügelchen zeigte auf ihn. Seine Augen waren eins mit der Dunkelheit, man ahnte sie nur. Ein junges Murmeltier kauerte im Eck. Seine kleine Bärchennase stupste aufgeregt in alle Richtungen hin und her. Ach wie süß.

Nur nicht anfassen, dachte Luke. Bloß nicht anfassen. Menschengeruch an einem Jungtier ist gefährlich, seine Mutter würde es womöglich nicht mehr annehmen. Der

Kleine war vermutlich aus seinem Bau gefallen. Die Murmeltier-Mama suchte ihn bestimmt und würde ihn sicherlich bald finden. Sein Blick spähte nach oben, auf den ersten Blick konnte er keinen Murmeltier-Bau erkennen, wenig verwunderlich, zumal er sich hier nicht gut auskannte. Sein Zuhause lag sicherlich gut getarnt im Gelände.

Okay, es wurde Zeit nach oben zu kriechen. Dünnflüssiger Schlamm durchnässte seine Kleidung suchte sich durch jede Öffnung einen Weg durch den Stoff direkt auf seine Haut. Er hatte keine Wahl, er musste bodennah nach oben robben. Vorbei an der von ihm vor wenigen Minuten geformten Rutschbahn. Hier und da ragten neben der Rinne spitzkantige Felsgrate in die Höhe. Alle Achtung da hatte er Glück gehabt. Obgleich er in den nächsten Tagen unter der Dusche stehend ein wechselhaftes Farbenspiel von blau-lila bis hin zu gelbgrün schattierten Prellungen auf seiner Haut beobachten würde. Bei seiner rasanten Abfahrt war er über reichlich grobes Gestein gepoltert. Er stand wieder oben auf seinem Trampelpfad. Er freute sich auf eine heiße Dusche in der Hütte um den ganzen Erdschlamm abzuwaschen. Die Hütte lag gut zwei Stunden entfernt von hier.

„Mach es gut mein kleiner Kratzer. Deine Mama wird dich sicherlich gleich finden". Grassoden bedeckten weitläufig den felsigen Grund. Der spärliche Waldbewuchs bot wenig Schutz vor Wind und Räubern. Wo kam der kleine Kratzer her? Seine Pfoten waren winzig klein, er konnte nicht weit gelaufen sein. Sein Nest musste in der Nähe liegen. Aber es war kein Erdbau erkennbar. Und was passierte wenn Familie Murmeltier die Suche aufgab? Oh je, das waren keine guten Gedanken, die sich bei Luke einschlichen. Mehrmals zögerte er, bis er letztendlich den Hang hinunter robbte. Erneut schob er die Buschzweige beiseite und befand sich auf Augenhöhe mit dem jungen Murmeltier. Seine Hand griff nach ihm. „Ich nehme dich sicherheitshalber mit, wenn du einverstanden bist." Das folgende herzhafte Zuhauen vom kleinen Murmeltier bescherte ihm zwei neue Kratzer auf seinem Handrücken. „Das heißt dann wohl ja", nahm Luke dies unverzagt zur Kenntnis. Sein zweiter Aufstieg war wie der erste mühsam und erdfeucht. Am Ende stand er aber zusammen mit Kratzer, der ungläubig in einer Hemdtasche ausharrte, oberhalb der Abbruchkante.

Zurück in seiner Hütte entfloh er seiner klammen Kleidung und sprang unter die Dusche. Kratzer lag derweil in einer zuvor entleerten Schublade. Kurzerhand mit Zeitungspapier ausgelegt, falls irgendwelche Flüssigkeiten aufgesaugt werden müssten. In einem Handtuchrest provisorisch eingewickelt lag er in der Lade mit einem Stückchen Holz vor der Nase. Der kleine Ast sollte ihn an seinen vertrauten Wald erinnern.

Was tun! Wie ging es weiter. Ein kleines Murmeltier aufzuziehen war wie bei jedem freigeborenen Jungtier äußerst schwierig, wahrscheinlich unmöglich. Wieviel Zeit blieb ihm, waren es Stunden oder wenige Tage. Susannah, das wäre eine Möglichkeit. Kurzerhand raus aus der Dusche, griff er zum Telefon und rief sie an.

„Hi. Du glaubst nicht was mir gerade passiert ist."

„Hast du endlich eines deiner undatierten gefunden?

Ein auf Aquamarinstein-Füssen gelagertes Salzgefäß? Oder, was ich besonders mag, die mehrmals gelängte Haarspange mit ... – Wie? Was sagst du? Du bist den Abhang hinunter... – eine Katze... – nein doch keine Katze?... – aber ein Kratzer... ein Kratzer von einem Murmeltier...“

Mit wenigen Sätzen schilderte Luke sein Erlebnis mit dem jungen Bärchennasenträger.

„Was? Du hast das Junge mitgenommen... – Okay, gut ich verstehe. Wahrscheinlich hätte ich genauso wie du gehandelt... – Ja verstehe. In Ordnung, ich werde ein bisschen rumtelefonieren und melde mich dann.“

Susannah war ein Schatz. Sie fand im Internet die geeigneten Seiten. Einige ihrer Freunde waren vom Fach und fütterten sie mit den richtigen Informationen. Sie beschrieben ihr den natürlichen Lebensraum von Murmeltieren und deren bevorzugte Umgebungstemperatur. Ihre Freunde empfahlen geeignete Nahrungsmittel und beschrieben deren artgerechte Zubereitung.

Zusammen mit Luke definierte Susannah erste Basisschritte zur Versorgung eines kleinen Murmeltieres. Luke setzte bestmöglich alle Vorgaben um. Ihm blieb das gesamte Wochenende solange hatte er Nutzungsrechte an der Hütte. Die Hütte gehörte zu dem Ausgrabungsgebiet in dem er derzeit tätig war. Sein befristeter Vertrag endete nächste Woche, danach hatte er sich bereits auf eine neue Stelle beworben. Wieder eine Ausgrabung, jedoch in einem anderen Land. Seine Aussichten sahen recht gut aus. Eine feste Zusage fehlte zwar, aber das war nicht unüblich. Erst vor Ort bekam er als Ausgrabungshelfer einen Vertrag zur Unterschrift vorgelegt, damit sparte sich die Organisationsleitung das bürokratische hin und her für nicht anreisende Arbeitskräfte. Nichterscheinen ohne vorherige Absage gab es leider häufig und erschwerten eine verlässliche Planung.

Die ersten Stunden verliefen gut. Der kleine Kratzer wurde ruhiger. Sein kleiner Körper hob und senkte sich in gleichmäßigen Atemzügen. Der Kopf senkte sich leicht zurückgezogen zwischen seine Vorderpfoten. Einzig ein ständiges Nasezucken verriet seine Wachsamkeit trotz geschlossener Augenlider. Wohin nur mit ihm, wenn das Wochenende vorbei war? Auf seine Fernreise konnte er ihn nicht mitnehmen. Eine geeignete Aufnahmestation für Wildtiere oder ähnliches hatte Susannah nicht gefunden. Lukes erster Gang am Montag führte deswegen gleich zum Leiter des Camps. Das Gespräch verlief positiv. Kurzerhand verlängerte sein Chef den Vertrag um weitere vier Monate. Die Hütte lag abseits von den Zeltunterkünften, wo sich die Forscher, Assistenten und Helfer aufhielten. Großzügig kam ihm der Leiter entgegen und gestattete ihm weiterhin die Hütte zu benutzen. Dies machte für Luke vieles leichter, er brauchte sich nicht zu sorgen, dass sich während seiner Arbeitszeit der kleine Kratzer aus einem Zelt verkrümelte. In der Hütte konnte er ihn tagsüber gut verschlossen alleine lassen. Nun lag es an ihm sich neue Fähigkeiten in der Aufzucht von Jungtieren anzueignen. Er war ein wenig traurig, dass er die Stelle in einem neuen Land absagen musste, aber die Blicke aus Kratzers kleinen schwarzen Knopfaugen berührten sein Herz umso mehr. Sein Blick war aufgeweckt, suchte vertrauten Halt in einer für ihn neu zu entdeckenden Welt. Eine Welt die rasant wuchs. Jeder Moment zauberte neue Eindrücke hervor. Sein junges Leben suchte nach einem Anker. Ein Anker, sei es ein vertrauter Blick oder Geruch. Etwas Wiederkehrendes half ihm sich zu beruhigen. Luke freute sich auf diese unerwartete Verantwortung und Herausforderung.

Die erste Lade blieb Peas Schlafstube. Luke richtete eine zweite Schublade für sein Essen her. Dahinein streute er Wiesen- und Bergkräuter und einige Körner. In einer flachen Schale befand sich immer ein kleiner Flüssigkeits-film, meistens Wasser mit ein bisschen Milchpulver vermischt. Luke kümmerte sich um den kleinen Kratzer gab ihn viel Zuwendung. Nahm ihn in die Hand und füllte mit einer Spritze vorsichtig dosiert das Milchpulvergemisch in sein Mündchen. Tagsüber, wenn Luke arbeiten musste, setzte er das Murmeltier in die zweite Lade, so konnte es je nach Bedarf essen oder sich in einer Ecke zum Schlafen zurückziehen.

Vor der Hütte zäunte er ein größeres Areal ein, darin durfte der kleine Kratzer frei rumlaufen. Im hohen Gras hatte dieser sichtlichen Spaß daran. Wenn immer Luke vor Ort war setzte er ihn dorthinein, schließlich war das sein natürlicher Lebensraum.

Durch Tauschen einiger Schichten und hartnäckiges Vorsprechen, bekam Susannah einige Tage frei. Sie wollte ihn unbedingt besuchen. Zwei Wochen später reiste sie an. Eine unglaubliche Hilfe für Luke. Im Gepäck hatte sie eine kleine mobile Kühlbox. Ein Zubehörartikel für Camper. Gebraucht, von einem guten Bekannten für einen fairen Preis erstanden. Das Kühlaggregat war bereits einmal ausgetauscht worden, das neue Aggregat war nicht baugleich zum Original. Die Anschlüsse für die Kühlrohre waren zum Original einige Zentimeter versetzt. Der alte Einlass war mit einer einfachen Blechklappe abgedeckt, was sich jetzt als äußerst praktisch für Luke erwies. Er modifizierte die Klappe derartig, dass er sie beweglich Auf und Zu schieben konnte. Auf diese Weise konnte er die Luftzufuhr innerhalb der Kühlbox regulieren. Die Box bot viel Platz für seinen neuen Hüttenbewohner. Ohne große Umstände konnte er jetzt für sein junges Murmeltier die für ihn angenehme Temperatur schaffen. Die kleinen Felltiere mögen es nicht zu warm.

„Oh. Schau hast du gesehen? Das fühlt sich unglaublich an", Susannah war ganz aufgelöst vor Freude. Luke verstand sie sehr gut, er hatte das gleiche gespürt, als der kleine Kratzer das erste Mal mit seiner feinen Zunge das Essen von Lukes Finger abschleckte. Nun wandte sich das rosa Züngelchen um Susannahs Finger, entfernte dort eifrig jeden noch so kleinen Breirest.

Gemeinsam mit Susannah suchte er nochmals die Umgebung bei Kratzers Fundstelle ab. Seine ungewollte Rutschpartie war immer noch gut sichtbar in den Hang geprägt. Beide konnten weder einen Bau noch einen Höhleneingang oder Spuren von anderen Murmeltieren entdecken. Es blieb ein Rätsel wie Kratzer unter das Gebüsch kam. An eine Zustellung per Luftpost wollten beide nicht glauben. Am Horizont kreisten weitentfernt größere Greifvögel, aber in Nähe der Ausgrabung hatte Luke bisher keine fliegen gesehen.

Zurück in der Hütte verfeinerte Susannah die Pflege, im Besonderen die Verpflegung, vom kleinen Kratzer. Sie zeigte Luke wie er einige Mahlzeiten im Voraus kochen konnte. Sie nahm eine alte Küchenreibe und rieb damit einige Wurzeln klein. Die Wurzelmasse wurde in Wasser eingeweicht und anschließend langsam in der Pfanne eingeköchelt bis eine Art Brei entstand. Portionsweise füllte sie die Breigerichte vor dem Einkochen in kleine Schraubgläser ein. Kleinste Wurzelstückchen kamen als Zugabe in die Breigerichte, schließlich musste im Laufe der nächsten Monate der Übergang zu fester Nahrung erfolgen.

Stundenlang beobachteten beide den kleinen Hocker in seiner Lade. Die Lade war seine Oase. Umgeben von seinem eigenen vertrauten Geruch schaute er mit neugierigem Blick hinauf zu ihnen. Sie wiederum schauten mit kritischem Blick zurück, ob es ihm gut ging. Seine Nase war leicht feucht, die Augen glänzten normal, kein eitriger Abfluss am Augenrand. Ja, es ging dem kleinen Kratzer gut.

So kam Luke-Aurin zu seinem tierischen Reisebegleiter, der ihm überall hin folgte. Manchmal gut versteckt in seiner hauseigenen Mini-Kühlbox.

Mit der Zeit verblassten die Kratzer auf seiner Hand. Anfänglich schmunzelte er beim Betrachten seines Handrückens über das wagemutige Wehren seines kleinen Freundes. Ein Muster zeichnete sich ab, welches dem kleinen Kratzer seinen zweiten Namen gab. Pea, stand dort in Kleinbuchstaben eingeritzt.

Die Wohnzimmertür fiel hinter Susannah ins Schloss, keine Zeit sie eigenhändig zu schließen. Raus aus ihren Schuhen, unters Regal gestellt, Freiheit für die Füße. Ausgestreckt auf dem Sofa massierte sie ihre Füße vom großen bis zum kleinen Zeh, drückte und zog achtsam den Ballenbereich. Sie griff zum Zweitrechner und ließ ihn booten. Die täglichen Pressemeldungen aus Politik, Wirtschaft, Film, Allgemeines überflog sie zuerst. Wenn große Turniere liefen, öffnete sie zusätzlich die Rubriken Tennis und Darts. Lieber Sport treiben weniger schauen, war ihr Motto. Den Chatbrowser öffnete sie als nächstes, da bemerkte sie, dass das E-Mail Symbol einen Eingang meldete. Wer hatte da gesendet, fragte sie sich. Selbst die nervigen SPAM-Dienste beachteten die ergraute E-Mail Technik nicht mehr. Das Pop-up öffnete sich.

*Hallo Susannah, wenn du das liest dann bin ich schrullig oder vergesslich oder beides geworden. Oder ich landete auf einem Fleckchen Erde mit rigorosem Funkloch, äußerst unwahrscheinlich. Vor langer Zeit aktivierte ich diesen Dienst. Jedes Mal, wenn ich den Dienst aufrufe, setzt sich die Warteschleife auf ihren Anfangswert zurück. Du kennst mich gut ich brauche einen Plan C. In diesem Fall nenne ich ihn Plan S. Sobald die Wartezeit abläuft versendet sie automatisch die E-Mail.

Plan S ist eingetreten. Der Link unten führt dich zu meinem Expeditionstagebuch, mach damit was du möchtest. Tschau Tschau.*

Hoppla, was war denn das für eine wirre Nachricht. Plan C, Plan S das passte zu Luke, dem reisenden Forscher und Abenteurer mit seinem Murmeltier im Gepäck. Bestimmt hatte er den Zugangskode zu diesem speziellen Dienst vergessen – that's it. Sie schrieb ihm eine Chat Nachricht.

„Marius, schau dir das an", sie zeigte ihm am nächsten Tag die E-Mail von Luke.

„Ich schrieb ihm gleich gestern. Er hat sich bisher nicht gemeldet."

„Wird er noch. Gib ihm mehr Zeit", warf Marius beruhigend ein.

„Aber die Nachricht ist nicht empfangsbestätigt."

„Verstehe, wann hattet ihr euren letzten Chat?"

„Ist gut ein Vierteljahr her. Du weißt wie er ist, reist in die letzten Winkel der Erde, gräbt sich monatelang in alte Zeitgeschichte ein, hat wenig Muße sich zu melden, wahrscheinlich vergisst er es einfach."

„Dann lass uns mal schauen was sein Plan S ist. Von dem Dienst hörte ich schon mal, ist aber nicht alt, der wird seit circa zwei Jahren angeboten. Sein Tagebuch schickt er dir – bekommst du als eine Art Erbin ..."

„Hör auf. Sag so etwas nicht", knuffte sie sogleich Marius.

„Lass uns das Tagebuch runterladen. Wann war der letzte Eintrag?"

„Hier, vor ungefähr zwei Monaten", antwortete Susannah.

„Zwei Monate. D. h. aber nicht, dass er auch den Sendedienst aufrief. Ich würde einen Rhythmus von drei oder vier Monaten wählen, damit sich über die Jahre eine Routine einstellt – bis ins hohe Alter. Wäre das ein Plan S Susannah?"

„Könnte zu ihm passen", nickte sie zustimmend.

„Ein zwölf Monatsrhythmus könnte es auch sein, aber nicht länger. Hilft uns das weiter?", ergänzte Marius ferner seine Überlegungen.

Sie suchten im Internet nach dem zuletzt eingetragenen Camp. Es lag auf einer stattlichen Höhe von 1200 m. Luke saß offensichtlich in einem Funkloch andere bergtypische Unglücksszenarien verdrängten sie einvernehmlich.

Am nächsten Morgen fand Marius sie zwei Stunden vor ihrer Zeit am Küchentisch.

„So früh auf?"

„Ja. Da hinten steht Kaffee. Nimm dir, ist frisch aufgebrüht."

„Keine Antwort von Luke. Ich kenne dich, du möchtest dorthin und dir selber ein Bild von der Situation verschaffen."

„Nein, nein. Blödsinn. Ist nur … – ich weiß auch nicht.

Und in vier Tagen verreisen wir ...“

„Stopp, stopp. Hör mir kurz zu. Ihr beide kennt euch von klein auf. Ich weiß nicht, ob ich bei meinen besten Freunden ähnlich handeln würde. Aber es geht um dich. Ein Urlaub mit dir, so im Kummer, möchten wir beide nicht. Unsere Reise können wir verschieben. Du könntest umbuchen. Sei mir nicht böse, aber ich würde lieber hier bleiben. Zur Arbeit gehen.“

„Meinst du das im Ernst? Ich weiß nicht, das kann ich nicht von dir verlangen. Unser Urlaub, die Koffer sind so gut wie gepackt.“

„Mach schon. Ohne Luke und sein Murmeltier, wer weiß, ob wir uns sonst begegnet wären. Deine Suchanfragen damals nach allen und jeden der Murmeltier buchstabieren konnte ließ dein digitales Netzwerk expandieren. Ich wurde ein Teil davon“, vertrauensvoll blickte er zu Susannah.

Die Sache war entschieden. Sie küssten sich zärtlich bevor er zur Morgendusche entschwand.

Zweimal in der Woche gab es einen Direktflug in die weitentfernte Großstadt, wo Lukes zuletzt eingetragenes Camp lag. Marius kümmerte sich um die Stornierung ihrer Reise, während sie den Direktflug für den nächsten Tag buchte. Ihre Reiseunterlagen, wie Pass und Impfbuch, hatte Susannah bereits für ihre ursprüngliche Reise mit Marius bereit gelegt. Das Impfbuch schnappte sie sich und ging zu ihrem Hausarzt. Der Arzt sollte sie beraten und impfen, falls ein Impfschutz für ihr neues Reiseziel fehlte.

Am nächsten Morgen packte sie im Eiltempo ihren Koffer. Marius hielt ihr die Trekkingschuhe hin, dafür war nun wirklich kein Platz. Er wartete geduldig.

„Du fährst in die Berge."

„Weiß ich und?", sie lief hektisch hin und her, suchte Klamotten zusammen, griff nach ihrer Wäsche. Warm. Kalt. Wie kalt könnte es in den Bergen sein? Sie lief an dem wartenden Marius vorbei, da fiel der Groschen.

„Du meinst in den Bergen werde ich nicht tanzen", lachte sie ihn an. Ihre drei Paar hochhackigen Ausgehschuhe packte sie wieder aus. Schade, die Farben unterstrichen so schön die Eleganz ihrer Beine und Kleider, sie trug sie gern beim Tanzen. Der frisch gewonnene Platz füllte sich erneut, nun lagen dort ihre Trekkingschuhe. Die Kofferschlösser fielen zu, im Nu fiel die Haustür ins Schloss, sie fuhren direkt zum Flughafen. Ihr Flug startete mit einer Stunde Verspätung, sie winkte Marius vom Gate zurück und ging zum Boarding-Schalter.

Geordnet ging jeder Fluggast zu seinem Sitzplatz. Routinemäßig bereitete die Bordcrew den Abflug vor. Sie werden über zehn Stunden in der Luft sein. Zehn Stunden, in denen Susannah schlafen konnte, falls sie dabei leise schnarchte, war ihr das egal. Die Anspannung der letzten Tage holte sie ein. Sie konnte gar nicht glauben, dass sie nun unterwegs war, um Luke zu suchen, mit diesen Gedanken schlummerte sie langsam ein. Der Pilot holte die Verspätung auf, sie landeten pünktlich am Zielflughafen.

Ihr Gepäck kam irgendwann im Mittelfeld aufs Transportband, zügig passierte sie die Zollkontrolle. Noch im Flughafengebäude schaltete sie ihr Smartphone an, sendete liebe Grüße nach Hause. Einige hundert Meter von der Ankunftshalle entfernt hatte ihr Autovermieter seinen Serviceparkplatz. Im Internet hatte sie die kleinste Kategorie gebucht – zweitürig mit Klimaanlage. Sie bekam leider keine kostenlose Höherstufung, ihre Auswahl war hier wirklich verfügbar. Koffer und Reisetasche füllten den Kofferraum bis zum Rand. Alles gut. Ihr Lippenstift verschwand zugeklipst in der Handtasche, mit frischem Lippenstrich fuhr sie vom Hof der Autovermietung. In der Stadt suchte sie sich ein Hotel.

Der Mann vom Empfang hatte sie gewarnt, eine Straße zum Camp gäbe es nicht, das, was ihr Navigationssystem als Straße vorgaukelte, sei ein ausgewaschener Feldweg der waldnah einfach im Unterholz endete. Lediglich allradgetriebene Transporter pendelten manchmal zum Camp, aber jetzt war es geschlossen.

Von Schlagloch zu Schlagloch hüpfend schaukelte sich der Kleinwagen mehrmals auf, wieder einmal kratzte geräuschvoll der Unterboden über steinigen Grund. Die Tachonadel zuckte nicht mal bis zur 20 km/h Marke, langsamer konnte Susannah nicht fahren. Bevor wirklich Schaden entstand, die Ölwanne wo möglich riss, wäre es besser anzuhalten. Von hier aus zu Fuß brauchte sie einige Stunden, das Camp war ihr einziger Anhaltspunkt.

Im Rückspiegel tauchte eine Staubwolke auf. Bestimmt die Polizei, das fehlte noch. Ein großer Geländewagen hielt neben ihr, eine hübsche Frau schälte sich heraus. Sie sah ihr offenes Gesicht übers Autodach strahlen, aber nicht stoppen. Ihr Kopf hob sich weiter und weiter in die Höhe. Sie war wirklich groß.

„Kann ich helfen?", fragte die Fahrerin.

„Ich wollte hoch zum Camp. Aber Sie sehen selber, mein blauer Flitzer ist für diese Art von Straßen nicht geeignet."

„Ich kann Sie mitnehmen, wenn Sie möchten. Das Camp ist auch mein Ziel."

Susannah stieg zu ihr in den Wagen. Schlug die Autotür zu und fiel im nächsten Moment leicht betäubt in die Rückenlehne. Ein wirrer Geruchscocktail aus benzinhaltigen und terpentinartigen Dämpfen schwebte im Innenraum, schwabbelte aus jedem Eckchen.

Die Rückbank war umgeklappt, dort verteilten sich Pappkartons, gefüllt mit Lösungsmittel Fläschchen und Farbtuben, in Eimern steckten Pinsel mit weichen und harten Borsten, eine Staffelei aus Holz, Reinigungslappen, Gläser, in kleinem und großem Gebinde, eine nicht unbeträchtliche Anzahl aufgespannter Leinwände reihten sich im Laderaum bis zur Hecktür aneinander.

„Ich bin Rodia", stellte sich die Fahrerin kurzum vor.

„Susannah. Hallo."

„Entschuldige bitte das Chaos hinter mir. Das Auto schien mir groß genug für meine paar Kleinigkeiten zu sein. Am Ende hatte ich etwas Mühe alles zu verstauen. Es hat aber geklappt. Man sieht es vielleicht nicht gleich, aber ich bin Malerin. Das Institut hat mir erlaubt in der Saisonpause eines der Zelte zu nutzen. Die Landschaft dort oben ist grandios, bietet tolle Lichtmotive, traumhafte Farbverläufe, wahrscheinlich male ich wieder mehrere Bilder parallel, um alle Eindrücke einzufangen. Sich auf ein Projekt festzulegen ist nicht meine Stärke. Das Licht verharrt nicht auf einer Stelle und wartet bis ich komme. Wenn es aufflammt möchte ich den Moment seiner Farben und Formen auf die Leinwand bringen. Aber ich erzähle wieder ohne Punkt und Komma. Susannah was führt dich hier her?"

„Das nenne ich wahre Freundschaft", sagte Rodia nachdem Susannahs Bericht endete.

„Meinst du er liegt irgendwo da oben. Abgestürzt… – Oh, entschuldige meine lebhafte Phantasie."

„Ist in Ordnung. Es wäre gelogen, wenn ich behaupte ich hätte nicht an eine solche Möglichkeit gedacht. Ich muss zum Camp und mir mein eigenes Bild machen."

„Bild ist gut. Hier wurde neulich eines gestohlen. Ich meine ein Gemälde aus dem Kunstmuseum. Richtig teuer. Die Versicherung muss für einen zweistelligen Millionenbetrag einstehen", berichtete Rodia.

Das ‚einstehen' sprach die Malerin abgehackt aus, sie mussten vom Feldweg runter und bergauf auf den steilen Forstweg einlenken. Das Schaukeln hob sie zeitweise komplett aus ihren Sitzen. Ihre Unterhaltung stoppte bis sie den Vorplatz vom Zeltdorf erreichten.

Der Ausblick war atemberaubend, kaum vorstellbar was für eine Aussicht in den höheren Berglagen noch auf Rodia wartete. Sie schickte Susannah fort, sie brauchte ihr nicht beim Entladen zu helfen, sie sollte lieber gleich ihre Suche starten. Weit schwang die Hecktür vom Geländewagen auf, sie drückte mit der Hand die Ladung zurück, damit sie nicht gleich von der Ladekante herunterfiel. Die vorderen Leinwände klemmte Rodia sich unter die Arme und trug sie zum Zelt.

Susannah lief quer durchs Zeltlager, blieb auf einem der Holzstege stehen, blickte mit langem Hals hinüber zur Ausgrabung. Die Anlage betreten wollte sie nicht, es war verboten. Dort befand er sich bestimmt nicht. Sollte sie rufen. Sie verwarf den Gedanken im Nu. Sie lief außen um das Camp herum bis zum kleinen Bergbach, weder überquerte sie ihn noch stieg sie den gegenüberliegenden Berghang hinauf. Trotz aller Schroffheit wirkte die Hochebene friedlich. Das beruhigte sie, ein folgenschwerer Absturz von Luke in den Bergen rückte in weite Ferne. Ihre Umrundung des Camps endete am Vorplatz.

„Ich hab' schon mal angefangen", empfing sie Rodia. „Schau dir dieses Gelb an wie es in klares Sonnenrot fließt. Hast den violetten Streifen am Rand bemerkt? Moment, ist zu kräftig, den muss ich heller malen", Rodia saß am Boden, ihre Leinwand auf den Knien balancierend. Sie mussten beide lachen. Zusammen entluden sie die letzten Kartons samt Staffelei aus dem Geländewagen bevor sie zurückfuhren.

Susannah stieg in ihren Kleinwagen ein, sie bedankte sich herzlich bei Rodia, die nicht weiter warten wollte, für ihre Hilfe. Susannah verstand sie gut, mit ihrem Zweitürer konnte sie sich nur im Schneckentempo durch die Schlaglöcher zurück tasten. Eine zeitintensive Angelegenheit. Bei jeder schrammenden Bodenberührung, dachte sie mit schlechtem Gewissen an den Autovermieter.

Die Lichter der Stadt tauchten auf, sie atmete erleichtert durch, der kleine Flitzer schnurrte gleichmäßig vorwärts. Ihre Leichtigkeit kehrte zurück, sie schaute gelöst aus dem Seitenfenster. „Wer nennt seine Tankstelle Route 66? Amerika ist weit weg." Im Strom der heimfahrenden Berufspendler schwamm sie durch die Stadt zum Hotel. Trekkingschuhe hin oder her, die wurden mit der Zeit ebenso unbequem wie ihre hübschen hochhackigen, sie flogen polternd über den Teppichboden in eine Ecke vom Hotelzimmer. Susannah fiel sogleich rücklings ins Bett, ihre Füße baumelten lässig über der Bettkante. Erst eine knappe Stunde später machte sie sich zurecht und verließ das Hotel. Sie speiste in einem kleinen Restaurant gegenüber vom Hotel. Die Küche war gut, sie war zufrieden mit ihrem Essen und gab der Kellnerin reichlich Trinkgeld. Auf kürzestem Weg ging Susannah zurück ins Hotel auf ihr Zimmer.

Sie schlief erstaunlich gut, erwachte ohne Jetlag-Symptome. Sie verließ nach dem Frühstück das Hotel und ließ sich im Gewimmel der Leute treiben, die zur Arbeit gingen, Besorgungen machten, Durchreisende oder Touristen waren. Herrlich eine erwachende Stadt – zu erfahren, wie die Läden öffneten, die Menschen in Erwartung, manche schläfrig, ihrer Wege gingen, die ersten Pendler teilten sich die Straßen mit Bus und Lieferwagen. Das

Nachtlicht der Laternen erlosch, bunt betupft floss der Verkehr auf den Straßen um Kreisel herum, passierte Büro- und Wohnkomplexe. Gesprächsfetzen hingen in der Luft, wartende Motoren tuckerten an Kreuzungen vor sich hin, eine aufgeschreckte Vogelschar flatterte und fiepte zur nächsten Parkanlage, Kehrmaschinengeräusche mischten sich darunter, hoben die morgendliche Geräuschkulisse an. Die frühe Morgenmusik einer Stadt hatte ihren eigenen Rhythmus.

Die Boutiquen öffneten erst später, einen Einkaufsbummel hatte sie nicht im Sinn, Susannah schlenderte vorbei am Zeitschriftenstand, ein Gemüseladen nebenan stellte seine Außenfläche auf den Gehweg, danach folgte eine Bäckerei, diese warb mit günstigen Frühstücksangeboten inklusive einem Heißgetränk. Vor einem Buchgeschäft reihte sich ein Laden für Kaffee und Schokoladenwaren ein, landestypische Bohnensorten wurden hier angeboten. Interessiert trat sie ein. Vielerlei Kaffeebohnen aus Ländern wie Kolumbien, Bolivien, Peru, Uganda, Kenia, Tansania oder die seltenen Sorten aus Nepal, Galapagos und anderen Kaffeeanbauländern hatte der Laden zusätzlich von großen und kleinen Röstereien im Sortiment. Jutesäcke für Kaffee- und Kakaobohnen, alte Röstwerke aus Holz und Eisen verteilten sich im liebevoll dekorierten Laden.

Der Verkäufer erklärte ihr die verschiedenen Röstgrade der einheimischen Sorte, verwies auf fünf überregionale Bohnensorten, die er eigens aus zwei benachbarten Ländern bezog. Susannah entschied sich für eine einheimische Röstung mit ausgewogener Haselnuss-Karamell-

Note. Der Kaffee wurde frisch gemahlen und serviert. Mit der Tasse in der Hand schlenderte sie durch die Regale. Neben Kaffee und Schokolade, wurden touristische Waren wie Tassen in allen Größen, von Mini-Mokka, Mokka, Espresso, Lungo, kleiner Kaffeetasse, normaler Kaffeetasse bis zum großen Kaffeebecher und Zubereitungshelferlein angeboten.

Der, zu dieser Zeit, noch spärliche Publikumsverkehr verteilte sich im Verkaufsraum, leise klang die Musik aus den Ecklautsprechern von der Decke herunter, eigentlich wollte sie nicht lauschen.

„Bald ist wieder eine Woche um.“

„Bleib ruhig. Du weißt was der Chef gesagt hat. Keine Alleingänge.“

„Hör mir auf mit Corvin. Der hat uns den Schlamassel eingebrockt. Eine Woche mehr war nicht geplant. Rein ins Nest und wieder raus aus ‘m Nest. Zack-zack. Fertig.“

„Hör auf, ohne ihn hätte es keinen Plan gegeben.“

„Mag sein, aber wir haben das heiße Eisen da oben, das wollten wir vermeiden.“

„Wir wussten, der Wärter ist der Schwachpunkt.“

Am Eingang läutete die Glocke, ein neuer Kunde betrat den Laden. Die Stimmen verstummten, vorsichtig lugte Susannah um die Regalecke.

„Sind sie zufrieden?“, erschrocken fuhr sie zusammen, hinter ihrem Rücken näherte sich der Verkäufer.

„War der Kaffee nach ihrem Geschmack? Möchten sie

eine weitere Tasse oder eine andere Röstung probieren?", mit strahlend weißen Zähnen stand der Verkäufer bei ihr. Sie lehnte dankend ab. Der Regalgang vor ihr war leer.

Susannah erkundigte sich nach den Versandmöglichkeiten ins Ausland. Generell war eine Zustellung an Privatkunden möglich, bestätigte der Verkäufer, in ihrem Fall wären die Zustellkosten ziemlich hoch. Sie müsste 20 kg oder mehr abnehmen, um ein gutes Verhältnis von Warenwert und Versandkosten zu erreichen. Sie könnte natürlich eine kleinere Menge bestellen, für ihn als Geschäftsmann kein Problem. Seine offenen Worte waren erfrischend. Sie dankte ihm herzlich und verließ ohne weiteren Einkauf den Laden. Gedanklich reservierte sie in ihrem Rückreisegepäck 1-2 kg für Kaffeewaren, den Kaffee wollte sie hier kurz vor der Abreise kaufen.

Susannah stieg in den nächsten Bus, der zum Museum fuhr. Sie betrat stirnseitig den hallenartigen Eingangsbereich. Der Ticket-Service lag auf der gegenüberliegenden Seite, längsseits stand eine Batterie von Schließfächern für die Besucher, davor und dahinter verwies jeweils ein Schild zu den Toilettenbereichen, für die Damen gleich vorne, für die Herren im hinteren Bereich. Die gegenüberliegende Wand auf der rechten Seite war behängt mit großen Gemälden, überwiegend regionale Berglandschaften. Die Raummitte blieb nüchtern und leer, eignete sich für große Besuchergruppen als großzügige Wartezone. Für eigene Zwecke nutzte der Museumbetrieb die Vorhalle bei Eröffnungsfeiern und bei Sonderausstellungen als kleinen Festsaal.

Neben der Ticketkasse befand sich ein kleiner Info-Stand mit Souvenirverkauf, dorthin ging Susannah, stellte ihre Frage der Angestellten am Stand.

„Da kann ich Ihnen nicht weiterhelfen. Die Camp-Verwaltung läuft über das Institut, deren Büro befindet sich gegenüber vom Museum in den Verwaltungsgebäu-den der Stadt. Die können Ihnen sicherlich Auskunft ge-ben wo der verantwortliche Leiter zu finden ist."

Hinter dem Kassenbereich gelangte man über einen breiten Flur zu den Ausstellungsräumen. Neben einem in schwungvollen Bogen ausgelegten Treppenaufgang gab es zwei Lifte. Einer war für das Personal reserviert, davor stand ein Mann, rasselte ungeduldig mit seinem Schlüs-selbund, sofern die zur Eisenkugel mutierte Schlüssel-schar weiterhin als Bund bezeichnet werden darf, vertieft im Gespräch mit einer Frau.

„Wie ich bereits der Polizei sagte, wir hatten gerade unser Ausgrabungsdorf geschlossen, wo ich selber vor Ort war. Mein Stellvertreter hatte bis dahin die Verantwor-tung für die Museumsräumlichkeiten."

„Ich verstehe, Professor Lannie, dennoch wäre es nett wenn Sie mich ins Bild setzen. Die Sicherheitssysteme?"

„Die Alarmanlagen waren – nein sind ohne Fehler. Die Prüfungskontrollen sind vorschriftsgemäß durchgeführt und bestanden. Die Wartungsintervalle erfüllen die Vor-gaben Ihrer Firma."

„Könnte einer der Wärter …"

„Die Wachmannschaft, nein das glaube ich nicht. Die

leben hier, sind hier geboren. Die kulturellen Schätze, die sie bewachen, sind Teil ihrer eigenen Kultur."

„Sind das Faltkarten von der Stadt?", fragt Susannah am Info-Stand nach.

„Ja. Ich würde Ihnen diesen Satz empfehlen, da ist einmal der Anlagenkomplex hier vor Ort mit Museum, Oper, usw. enthalten und im zweiten Teil die Innenstadt mit allen wichtigen Sehenswürdigkeiten", dabei griff die Angestellte ins hintere Regal und holte eine kleine Musterbroschüre zur Ansicht an den Tresen. Während Susannah in der Broschüre blätterte blieb das Gespräch am Lift hörbar.

„Für die Versicherung ist es eine Menge Geld. Sie verstehen?", hakte die Frau bei dem Professor nach.

„Wir bezahlen gut, viele von ihnen stellte ich persönlich ein."

„Wie sollten Außenstehende das Bild stehlen ohne Alarm auszulösen? Gibt es eine andere Schwachstelle?"

„Das kann ich mir nicht vorstellen. Die Wärter haben damit nichts zu tun. Zumindest war es nicht das teuerste Exponat, das sollte Ihrer Gesellschaft entgegenkommen."

„Das ist ein weiterer Makel. Warum wurde nicht eins der wertvolleren Bilder gestohlen?"

„Vielleicht reichte die Zeit nicht aus. Das teuerste Gemälde hängt zwei Etagen höher im dritten Stock."

„Hmh okay, könnte ein Grund sein. In dem Ausstellungsraum selbst hingen insgesamt acht oder neun Bilder, war es von denen das wertvollste?"

„Fast. Ein weiteres hängt dort mit identischem Versicherungswert. Zwei Gemälde sind mit einer höheren Police versichert."

„Danke Professor Lannie für Ihre Zeit. Ich werde Sie kontaktieren falls ich weitere Auskünfte benötige", dabei schüttelte die Frau seine Hand. Sie durchquerte den Raum, ihre Absätze hallten auf den Steinfliesen nach, am Ende der Halle verließ sie das Museum durch den Haupteingang.

„Die Gestaltung gefällt mir. Die Faltkarten sind verständlich aufgebaut. Praktisch ist auch das kleine Format. Ich kaufe einen Kartensatz. Wie komme ich zu den Verwaltungsgebäuden?", erkundigte sich Susannah bei der Angestellten am Info-Stand.

„Am besten gehen Sie hier gleich durch den Seitenausgang, dann laufen Sie direkt auf das Gebäude zu, ohne umständlich ums Museum herumlaufen zu müssen."

„Seitenausgang? Wo finde ich den?"

„In dieser Richtung", dabei zeigte die Angestellte mit der Hand zum seitlichen Ausgang, „da wo gerade der Wärter hinausgeht."

Wärter, klickte es bei ihr. Wärter hatte sie heute schon mal gehört.

Susannah fand das Büro umgehend, doch leider kam sie hier heute nicht weiter. Das Institutsbüro blieb für die nächsten drei Tage geschlossen. Es öffnete generell nur zweimal in der Woche für wenige Stunden. Sie verließ das Verwaltungsgebäude und kehrte in eines der landestypischen Cafés ein. Susannah übte sich in Geduld, zog ihre leichten Freizeitschuhe samt Strümpfen aus, hielt ihre Füße in die frühe Sonne. Die Terrasse mit Blick auf die Gartenanlage und der Oper dahinter lud zu einer Pause ein. Sie setzte sich an Tisch drei und bestellte einen großen Eisbecher.

„Einmal Cappuccino und ein Croissant", wurde am Nachbartisch hinter ihr bestellt.

„Hallo entschuldigen Sie, dass ich Sie anspreche. Waren Sie nicht vorhin im Museum?"

„Sollten wir uns kennen?"

„Nein, nein. Ich stand am Info-Stand und hatte einen Teil Ihrer Unterhaltung gehört. Sie sind von der Versicherung?", fragte Susannah nach.

„Ja. Geht es um den Diebstahl?"

„Ich reiste erst gestern an. Nach dem, was ich bisher aufschnappte scheint es ein größerer Fall zu sein."

„Soll ich mich zu Ihnen rübersetzen", fragte die Frau, deutete dabei auf Susannahs bequem ausgestreckten Füßen. Diese nickte zustimmend, zumal Tisch drei am vorderen Terrassenrand stand und eine prächtige Aussicht bot.

Viel mehr als das, was in den Zeitungen berichtet wurde erzählte die Frau nicht. Der Einbruch fand nachts statt. Die Alarmanlage löste nicht aus. Als die Polizei und Rettungskräfte am Museum eintrafen, waren der Dieb oder die Diebe über alle Berge verschwunden. Es fanden sich keine Spuren für ein gewaltsames Eindringen. Weder eingeschlagene Fensterscheiben noch aufgebrochene Türschlösser ließen sich finden. Mehr Details dürfte sie nicht verraten. Wegen der fehlenden Aufbruchspuren überwachte die Polizei jetzt engmaschig das Museumspersonal. Falls einer der Täter oder Mitwisser dadurch nervös wurde, hofften sie, dass dieser einen Fehler machte und sie einen Anhaltspunkt fanden.

„Ist unter den Wärtern einer mit Namen Corvin?", fragte Susannah nach.

„Ist mir nicht bekannt. Glaube nicht, dass der Name in dem Zusammenhang fiel. Ich könnte nachfragen, wieso?"

„Der Wärter ist der Schwachpunkt", sinnierte die Frau von der Versicherung am Ende von Susannahs Nacherzählung des unfreiwillig mitgehörten Gespräches in der Kaffeerösterei.

„Ich verabschiede mich. Ich muss einige Dinge für mein Büro erledigen. War eine nette Unterhaltung".

„Ganz meinerseits. Ich werde die Nachrichten über den Diebstahl weiterverfolgen, allein, um rauszufinden ob ein Corvin eine Rolle abbekommt", antwortete Susannah mit einem Augenzwinkern.

„Wenn Sie mögen, besuchen Sie mich am Nachmittag in meinem Hotel auf einen Kaffee. Falls mein Büro etwas rausfindet, könnte ich Ihnen das als meiner Informantin ruhig mitteilen. Mein Hotel liegt allerdings im Zentrum."

„Meines auch. Ich komme gern vorbei. Ich heiße übrigens Susannah."

„Angenehm. Liv."

Einige Zeit später ließ sich Susannah die Rechnung für ihren Eisbecher bringen.

Sie verbrachte den restlichen Vormittag im Museum, diesmal als zahlende Besucherin.

„Ein sehr schönes Motiv. Eines der wenigen Bilder die hier hängen, von dem der Maler noch lebt", sprach ein Herr im Museum Susannah, in einem der oberen Ausstellungsräume, an.

„Ich kenne mich aus bin selber Galerist," fuhr er fort.

„Oh interessant", antworte Susannah kurz und schritt zum nächsten Gemälde.

„Verzeihung. Ich wollte Sie nicht bedrängen. Als Geschäftsmann versucht man neue Kunden zu gewinnen, eine Art von Berufskrankheit, diesmal lag mein Spürsinn daneben."

„Ich bewundere die Künstler und ihre Werke. Wenn ihre Gemälde in den großen Räumen passend arrangiert sind, so wie hier im Museum, finde ich es gut. Zuhause würde ich mir die großen Gemälde aber nicht an die Wand hängen."

„Verstehe, das finde ich völlig in Ordnung. Manchmal ist es auch eine Preisfrage. Dazu nur ein kleiner Hinweis meinerseits und dann lasse ich Sie wieder allein. Ich habe Kontakte zu den regionalen Künstlern, sehr gute Künstler, deren Originale kann ich für einen angemessenen Preis vermitteln. Auf Wunsch können Sie ein Motiv Ihrer Wahl beauftragen."

„Es ist nicht mein Herzenswunsch unbedingt ein Original zu erwerben, egal wie verzaubert oder verliebt ich in das Motiv wäre. Ich wäre keine gute Kundin für Sie. Dennoch danke für Ihr Angebot.“

„Ah sehen Sie, dahinten kommt meine Verabredung herein. Ein alter Kunde. Immer zufrieden. Ich muss da jetzt hingehen. Vielleicht möchten Sie doch meine Visitenkarte? Ganz unverbindlich.“

„Ich merke schon, Sie kennen sich gut in der Kunstszene aus, sind aber ein noch besserer Geschäftsmann. Aber nein danke“, gab Susannah zurück. Die hingestreckte Visitenkarte verschwand wieder in der Jackettasche des Galeristen.

Susannah schaute sich in den verbliebenen Ausstellungsräumen die Werke berühmter und weniger bekannter Maler und Malerinnen an, bevor sie mit dem Bus zurück in ihr Hotel fuhr. Während der Busfahrt grübelte sie über ihre Optionen nach, wie sie Luke finden könnte. Sie fand keine weiteren Anknüpfungspunkte, außer beim Institutsbüro nachzufragen. Ihr stand eine lange Zeit des Wartens bevor, in der sie nichts tun konnte. Bis das Büro wieder öffnete, musste sie sich ihren Optimismus und ihre Zuversicht bewahren, dass sie bald ihren alten Freund Luke wiedersehen und umarmen würde.

Am späten Nachmittag verließ sie ihr Hotelzimmer.

Liv hatte wirklich ein schönes Hotel gefunden, die große Empfangshalle strahlte eine heitere Atmosphäre aus. Beide setzten sich unweit einer Kaminnachbildung an einen kleinen Rundtisch. Der Kellner brachte ihren Kaffee und stellte eine Schale mit Gebäck dazu. Am Nachbartisch saßen zwei Herren bei einem Espresso, sie baten bei der Gelegenheit den Keller um die Rechnung.

„Wir möchten zahlen. Schreiben sie die Rechnung auf unsere Zimmernummer."

„Ich komme gleich mit der Quittung zurück. Sie müssen den Beleg nur unterschreiben", erwiderte der Kellner.

„Zack, zack wenn ich bitten darf", meldete sich der zweite Gast zu Wort.

„Bleib ruhig, die machen das hier schon. Wir bekommen gleich den Beleg und können uns dann sofort auf den Weg machen. Sei ein bisschen geduldiger".

Susannah stupste Liv an und flüsterte, „das sind die beiden aus der Kaffeerösterei. Ich erkenne die Stimme wieder". Liv und Susannah lauschten gespannt.

„Die Polizei ist überall. Die Versicherung hat Druck ausgeübt und polizeiliche Verstärkung angefordert, dürfen die doch gar nicht."

„Du weißt wie das da oben läuft, dort kennt jeder jeden. Der Versicherungsboss kennt den Polizeichef und der den Staatsminister. Einer tut dem anderen einen ..."

„Ihre Rechnung bitte", unterbrach der Kellner und reichte ihnen den Beleg auf einem kleinen Silbertellerchen. Susannah blickte kurz zurück auf Liv, vor Überraschung stockte ihr der Atem, verwundert hob sie ihre Augenbrauen. Wenige Zentimeter über der Tischkante hielt Liv ihr Smartphone, Kamerafunktion ausgewählt und aktiv.

„Das ist wie im Krimi", wandte sie sich an Liv nachdem die beiden Männer gegangen waren.

„Ich bin baff wie schnell du geschaltet hast. Machst du das öfters?"

„Sagen wir mal so, mein Talent dafür hat mir bisher nicht geschadet", erwiderte Liv mit einem Augenzwinkern.

Die Gesichter der beiden Männer waren trotz der seitlich versetzten Aufnahmeposition gut erkennbar. Der Mann mit dem aufbrausenden Temperament hatte ein kleines Tattoo am Hals. Gut vorstellbar, dass er in einer Großfabrik oder Hafenanlage arbeitete, seine Stimme war trainiert dafür. Der andere Mann schien älter zu sein, seine zottligen dunklen Haare ergrauten am Ansatz. Seine Gesichtszüge zeichneten sich im Vergleich zum anderen kantiger und rauer ab, vielleicht ein Seemann, der einige Zeit über die Weltmeere fuhr.

„Das ist wie in einer Detektei", begeisterte sich Susannah, „gehst du damit zur Polizei?"

„Dafür reicht es nicht. Außerdem hatte ich Sie heute gebeten ihre Unterlagen dahingehend zu prüfen, ob eine Person mit Namen Corvin darunter wäre. Auf der Liste der Wärter steht kein Corvin, weder als einzelner Name noch in Verbindung mit einem Doppelnamen. Unterschwellig bat man mich weitere Einmischungen seitens der Versicherungsgesellschaft zu unterlassen."

„Werden wir uns daran halten?"

„Ähm, ich nicht. Aber ..", weiter kam Liv nicht. Susannahs Begeisterung erfasste jede Faser ihres Körpers, ihre Augen strahlten sie an, ihr feuriger Blick, so eine Leidenschaft, konnte Liv nicht enttäuschten. Sie lenkte ein.

„Detektivin Susannah und Liv jederzeit für Sie im Einsatz." Sie bestellten zwei Gläser Sekt und stoßen herzhaft lachend auf ihre Gründung an.

Am nächsten Tag war Liv dankbar über ihre spontane Detektei-Gründung. Die beiden Herrschaften saßen mit ihr am Frühstücksbüfett des Hotels. Per Chat-Nachricht holte sie Susannah dazu. Sie beschlossen die beiden Männer zu verfolgen. Liv musste jedoch für ihre Gesellschaft einige Termine wahrnehmen, in der Zeit würde Susannah allein an den Fersen der beiden bleiben. Zwischen ihren Büroterminen käme sie dann zu Susannah zurück. Soweit ihr Plan in der Hoffnung, die beiden trennten sich nicht und blieben stadtnah unterwegs.

„Sind sie noch da?", erkundigte sich Susannah als sie in Livs Hotel eintraf.

„Sie sind gerade hoch auf ihre Zimmer gegangen. Lass uns hier unten im Lobbybereich warten."

Sie setzten sich auf eine seitlich stehende Couch, von dort konnten sie den Treppenaufgang gut beobachten.

„Hey warum so schreckhaft? Versteckst du dein Gesicht hinter meiner Schulter. Was ist los?", fragte Liv.

„Der Mann, der gerade die Treppe herunter kam, ist ein Kunsthändler. Der hat mich gestern im Museum angesprochen, war eigentlich ganz nett."

„Okay verstehe. Du möchtest nicht nochmal in ein Verkaufsgespräch verwickelt werden."

„Das hast du schön gesagt."

Zehn Minuten später kamen die zwei Männer herunter und verließen das Hotel. In gebührendem Abstand folgten Liv und Susannah den beiden.

Die erste Stunde war grauenhaft für die ‚Detektivinnen‘. Sie fühlten sich sogleich enttarnt. Die ganze Stadt schien sie zu beobachten. Die beiden Herrschaften hatten sie sicherlich sofort bemerkt. Mühsam bekämpften Liv und Susannah ihre Nervosität. Ihr Herzschlag hämmerte pausenlos, aber ihre Beschattungsaktivitäten blieben unerkannt. Niemand beachtete sie, bis auf einige Männer die ihnen hinterherguckten und manchmal anerkennend pfiffen. Sie schwammen ganz normal im aufwachenden Strom der Stadt mit.

Die beiden Männer bogen in eine parkähnliche Anlage ein. Während der eine sich an einen Stehtisch stellte, ging der andere zu dem kleinen Imbissstand und holte zwei Kaffees. Mit heißdampfenden Kaffeetassen vor sich, plauderten sie am Tisch. Abseits vom Stadtgeschehen konnte man das Treiben auf einer kleinen Freizeitfläche beobachten. Eingebettet in eine gepflegte Rasenfläche lag ein planierter Hartplatz. Im angeregten Gespräch vertieft stand eine Fünfergruppe am Abwurfmal, sie warfen ihre silbernen Kugeln geschickt übers Spielfeld, an dessen Ende drei weitere Mitspieler standen. Drum herum führten kiesbedeckte Gehwege Spaziergänger, Mütter mit ihren Kindern, eilende Passanten und Touristen vorbei an Parkbänken durch die Grünanlage. Susannah nahm allein auf einer der Holzbänke Platz, beobachtete von dort die beiden aus sicherer Entfernung. Liv war bereits zu einem ihrer Bürotermine unterwegs. Susannah ließ ein wenig ihren Blick durch die Anlage schweifen. Ein ruhiger Vormittag, eine Handvoll Singvögel flogen wechselseitig aus ihren Bäumen herunter, pickten geschickt Essensreste vom Boden auf und flogen zurück. Ein nachhaltiges Gezwitscher ertönte aus den oberen Kronen, ließ vermuten, dass dort ungeduldiger Nachwuchs in ihren Nestern auf Fütterung wartete. Im Unterholz der Büsche raschelte eine kleine Maus, trippelte flink mit fliehender Nase voran über den offenen Gehweg, verschwand auf der anderen Seite sogleich im dichten Gras in einem Erdloch. Eine Mutter schob ihre Kinderkarre an ihrer Bank vorbei, die Oma folgte mit kleinem Abstand, hatte ein Eis in der Hand.

Susannah bemerkte ihn aus einiger Entfernung, es war wohl die Art wie er sich bewegte. Aufrecht in fließenden Bewegungen schritt er über den Fußweg, hinterließ dabei ein leichtes Knirschen im Kies. Dunkle leicht lockige Haare, modisch nach vorn gekämmt, fielen in sein gebräuntes Gesicht, gepflegte langfingerige Hände schwangen im Takt. Sein helles Hemd fiel über eine enge Hose mit sportlichem Schnitt. Sie konnte nicht anders und schaute ihm beim Vorbeigehen hinterher, sein knackiger Popo hielt ihren Blick ein wenig gefangen. Seine Sonnenbrille fiel ihm aus den lockigen Haaren. Sie wollte anstandshalber wegschauen, aber die Verlockung war zu groß. Er bückte sich, Hose und Hemd teilten sich, der obere Rand wurde sichtbar. Sie hatte es vermutet, deutlich war der Schriftzug einer beliebten Modemarke mit C lesbar. Er hob seine Brille auf, schaute dabei zu ihr. Ertappt, sie konnte seinem Blick nicht mehr ausweichen. Er hielt kurz in seiner Bewegung inne bevor er ihr wieder seinen Rücken zuwandte. Viel zu lange blieb er dort stehen, tat so als putzte er den Staub von den Brillengläsern. Er versuchte sie im Spiegelglas seiner Brille zu beobachten. Susannah wusste nicht wo sie hinschauen sollte, nervös wartete sie ab. Immerhin ein hübscher Anblick, sagte sie zu sich selber, als er nach einer gefühlten Ewigkeit weiterging. Die beiden Herren tranken stumm ihren Kaffee, hatten sich wohl momentan nicht viel zu erzählen. Jubelndes Händeklatschen hallte herüber, ein außergewöhnlich kunstvoller Wurf wurde fachkundig gewürdigt.

Im ersten Moment dachte sie das Tippen auf ihrer Schulter käme von einem herabfallenden Zweig, wischte diesen instinktiv mit der Hand weg. Ein Schock! Ihre Finger berührten anstatt eines dürren Stöckchens aus Holz eine Hand. Ein erschreckendes unerwartetes Gefühl. Eine weiche Haut, von angenehmer Wärme zwar, aber sie zog erschrocken ihre Hand zurück.

Er stand hinter ihr mit lässig ins Haar geschobener Sonnenbrille und tippte auf ihre Schulter. Er nickte ihr unverfroren zu und setzte sich lächelnd zu ihr ohne eine Reaktion abzuwarten. Er stellte sich als Marco vor und plauderte gleich darauf los. Susannah sah ihn offen an, hörte zu, blickte immer wieder kontrollierend zum Imbissstand hinüber. Ermuntert wollte Marco eine Einladung an sie aussprechen, doch ihr seitliches Nicken und Augenzwinkern galt nicht ihm. Er deutete ihre Mimik falsch. Hinter seinem Rücken näherte sich Liv der Parkbank. Sie erfasste die Lage und breitete augenblicklich ihre Arme weit aus. Susannah stand umgehend auf und ließ sich innig von ihr umarmen. Händchenhaltend setzten sie sich zu Marco auf die Bank, der nun seinerseits nicht recht wusste wohin er schauen sollte. Innerhalb der nächsten fünf Minuten verabschiedete er sich umständlich und verschwand. Liv nutzte die Gelegenheit und war sich mit Susannah einig, er hatte einen sehenswerten Popo.

Eine zweite Spielgemeinschaft betrat den Hartplatz, baute ihr Spiel in einer freien Ecke auf, nicht bevor sie die anderen begrüßt hatten. Sie kannten sich, trafen sich öfters hier und wohnten vielleicht in der Nähe in derselben Wohnanlage.

Vor dem ersten Wurf verließen Liv und Susannah ihre Bank, da die beiden Kaffeetrinker Anstalten trafen die Parkanlage zu verlassen. Sie folgten den beiden in sicherer Entfernung durch die Straßen der Stadt. Beunruhigt schauten sie auf jeden Bus, der eine Haltestelle anfuhr in dessen Nähe sich die beiden befanden, in Sorge sie könnten dort einsteigen. Die Straße endete und verzweigte sich Y-förmig.

Die beiden Männer bogen nach links in eine Fußgängerzone ein, autofrei und ohne Busverkehr, hier konnten Liv und Susannah vorläufig durchatmen. In dem Einkaufsviertel spannten sich kleine Stoffdächer über malerische Läden und Lädchen, vorm Eingang standen Blumentöpfe, luden farbenfroh zum Eintreten ein. Kinder und junge Erwachsene mit ihren Fahrrädern und Boards kreuzten und querten in Schlangenlinien durch die Passanten. Die beiden Herren betraten überraschend ein Eiscafé und kamen kurz darauf mit ihren Eiswaffeln zurück. Das hatten sie den beiden nicht zugetraut, offensichtlich waren sie große Genießer von süßen Leckereien, aus der Entfernung schätzten sie, dass sich gut und gerne fünf Kugeln in ihren Waffeln auftürmten. Während die beiden sich ein halbwegs schattiges Plätzchen für ihren Eisgenuss suchten, nutzte Liv die Gelegenheit und verschwand in einer nahgelegenen Eisdiele. Kurzerhand kam sie ebenfalls zurück mit zwei Eistüten für sie beide. Neben Schokolade, Pistazie, Melone und Joghurt hatte noch eine Zitrone-Minze Eiskugel dort ihren Platz gefunden. Alles hausgemachte Sorten, da hatte Liv nicht wiederstehen können und ad hoc einige Kugeln mehr ausgewählt als geplant. Das Eis war ein schmelzender Traum, ließ ein bisschen Urlaubsstimmung aufkommen. Die vom tropfenden Eis klebrigen Hände wischten sie sich an den kleinen Servietten aus der Eisdiele ab. Das Logo der Eisdiele war beidseitig auf das einfache Papiertuch gedruckt, der Schriftzug war einfarbig lesbar. Das einlagige Knitterpapier war mehr ein Reklamezettel als eine Serviette. Ihre Finger wurden nicht wirklich sauber. Derweil kämpften die beiden Männer mit ihrem zerfließenden Sortiment in identischer Weise. Ihr halbschattiger Unterstand, konnte die warmen Sonnenstrahlen nicht wirklich aufhalten. Liv verabschiedete sich für den Moment, sie verließ die Fußgängerzone und eilte zu einem Taxistand, ihr nächster Termin fand in zwanzig Minuten statt. Susannah setzte die Beschattung alleine fort. Ziellos schlenderten die beiden Männer durch die Ladenzeile ohne erkennbares Interesse an den Verkaufsangeboten. Auf der gegenüberliegenden Seite verließen sie das Einkaufsviertel. An einer belebten Straßenkreuzung warteten sie bis die Fußgängerampel auf ‚Grün' sprang. Susannah musste näher an die beiden heranrücken, damit sie die Grünphase nicht verpasste. Das Stadtviertel auf der anderen Straßenseite war ruhiger, wenige Passanten hielten sich dort in den Seitengassen und Querstraßen auf. Die Männer folgten für einige Zeit einer Nebenstraße.

Bis sie vor einem Laden stehen blieben. Der Mann mit dem Tattoo verschwand für einige Zeit darin. Er kam zurück und sie gestikulierten, der Mann mit dem Drachen tippte auf seine Armbanduhr, bevor sie auf die andere Straßenseite wechselten. Dort nahmen sie vor einem Kiosk Platz. Der Kiosk stand rückversetzt vom Gehweg, der Betreiber nutzte den Freiraum und platzierte dort einige Tischchen und eine Bank für seine Laufkundschaft. Unschlüssig verharrte Susannah auf ihrer Straßenseite. Sie ging in die Hocke und band sich abwechselnd ihre Freizeitschuhe zu, um Zeit zu gewinnen. Eine Idee musste geboren werden. Bald würde sie den beiden Herren auffallen, sie beendete ihre dritte Schnürung. Ein Mann trat aus dem Laden, wechselte zur anderen Seite, setzte sich dort zu den beiden Männern. In bogenförmiger Schrift las sie auf dem Rücken seines hellgrauen Hemdes ‚Mr. Clevers Tool Shop'. Einen Versuch war es Wert, dachte Susannah und drückte die Ladentürklinke hinunter. Ein Geruch von Maschinenöl trieb ihr am Türeingang entgegen. Eisenregale in mehreren Reihen standen im Verkaufsraum. Die Regale waren bunt gefüllt mit Allem, was ein Handwerker, Laie wie Profi, benötigte. In Qualitäts-stufen von billigem, nicht mehr als einmal zu gebrauchendem Werkzeug, über faires Angebot bis hin zu hochwertiger Profiausführung, konnte jeder Kunde nach seinen Preisvorstellungen fündig werden. Schraubensortimente einfach verzinkt bis nicht rostend, Schraubenschlüssel, Zangen, Hämmer, Meißel, Bohr- und Schleifmaschinen und weitere Artikel lagerten in den Fächern. Reinigungs- und Ladegeräte, kleine und große Kompressoren standen im hinteren Teil der Verkaufsfläche.

„Kann ich Ihnen helfen?", eröffnete der Angestellte hinterm Tresen das Gespräch.

„Ich möchte etwas für einen Bekannten abholen."

„Okay, sagen Sie mir für welche Firma, dann schaue ich gleich auf der Bestellliste nach."

„Ähm. Er hatte bereits wegen der Abholung angerufen. Er meinte Sie wüssten Bescheid?"

„Nicht bei mir, dann hat er das mit meinem Kollegen ausgemacht. Der ist gerade zur Mittagspause. Möchten Sie warten?"

Susannah fühlte sich plötzlich unwohl, ihr wurde warm, Röte zeigte sich in ihrem Gesicht. Sie musste unverfänglich aus dem Laden rauskommen, was hatte Sie sich nur gedacht hier allein reinzuschneien.

„Meine Zeit ist begrenzt. Ich komme später wieder."

„In Ordnung. Soll ich Corvin etwas ausrichten?"

Sie gab keine Antwort mehr, hastete zügig aus dem Tool Shop, gegenüber saßen die drei Männer im Gespräch vertieft. Susannah tat unauffällig, ihre Bluse zurechtziehend entfernte sie sich gemessenen Schrittes, nur ihre besten Freunde hätten ihren ungewöhnlich hölzernen Gang bemerkt.

„Wow. Das hast du gut gemacht", lobte Liv sie. „Genieß deinen Cappuccino. Den hast du dir verdient. Unglaublich cool!"

Beide saßen auf der Sonnenterasse eines überregional bekannten Cafés, Liv war, bis auf einen allerletzten Termin am Spätnachmittag, für heute durch. Über die Terrasse zog eine Mischung aus Jazz und Latinomusik, die live im hinteren Bereich gespielt wurde.

„Wir sollten Corvin nach Ladenschluss verfolgen, um herauszufinden wo er wohnt. Du könntest mit den neuen Informationen anschließend zur Polizei gehen."

„Wir müssen vorsichtig sein. Der zweite Angestellte darf dich nicht wiedererkennen. Ich werde vor dem Laden warten. Du versteckst dich in der Nähe vom Kiosk. Oder ist das zu auffällig?"

„Das ist ein guter Plan Detektivin Liv", grinsend ließ Susannah ihre erhobenen Arme einige Takte mit der Musik mitschwingen. „Ich freue mich", ihre Finger schnipsten den Rhythmus mit. Sie hatte ihre Leichtigkeit wieder gewonnen. Immerhin hätte ihre spontane Aktion vorhin im Laden anders ausgehen können. Sie war zwar eine mutige Person, vermied aber normalerweise unnötige Risiken. Vielleicht brauchte beziehungsweise suchte sie derzeit diesen Gegensatz, um ihrer Sorge um Luke weniger Raum zu geben.

Liv und Susannah lauschten ein wenig der Musik, bevor sie sich in ein Gespräch vertieften. Liv erzählte über ihr Land, über die Menschen, die hier lebten, ihre Ansichten und ihre Kultur. Woraus sich manche Eigenarten ihrer Landsleute entwickelt hatten, die vielleicht sonderbar anmuten könnten, aber alle liebenswert seien, da sie von Herzen kamen. Fast hätte Liv dabei ihren Termin vergessen.

Susannah und Liv trennten sich ein letztes Mal. Susannah blieb im Café sitzen. Von dort ging sie später direkt zu der Eisdiele in der Fußgängerzone, wo sie sich erneut mit Liv verabredet hatte. Von da aus gingen sie gemeinsam zu Corvins Arbeitsplatz.

Vor dem Laden ‚Mr. Clevers Tool Shop' musste ein weiteres Problem gelöst werden:

‚Mr. Clevers' Laden hatte seine Verkaufsfläche im Erdgeschoss eines mehrstöckigen Hauses angemietet. Neben dem Geschäft befand sich an der Hausfront ein zweiter Eingang. Durch diesen separaten Hauszugang erreichten die Mieter ihre Wohnungen in den oberen Etagen.

‚Mr. Clevers Tool Shop' im Erdgeschoss hatte möglicherweise einen Hintereingang für das Personal. Sie wussten nicht genau, ob es einen gab, sie riskierten eventuell Corvins Spur zu verlieren. Liv schlich um das Geschäft herum, während Susannah in Kiosknähe wartete. Das Nachbarhaus war entlang einer Seitengasse spiegelverkehrt zu ‚Mr. Clevers Tool Shop'-Haus aufgebaut, dort befand sich ein gemeinsamer Zuweg zu den Hausrückseiten. Über eine abwärtsführende Steintreppe erreichte man den jeweiligen Kellereingang. Gut zwei Meter vom Treppeneinstieg entfernt lag versetzt der Hintereingang.

Sie gingen das Risiko ein, Susannah gab ihre Position am Kiosk auf und wechselte in die Seitengasse. Sie suchte sich dort eine geschützte Ecke mit Blick auf den Zuweg. Liv hielt sich derweil beim separaten Hauszugang auf, von da konnte sie den Ladeneingang gut beobachten.

Im Innern erlosch das Licht, Corvin trat heraus, verschloss die Ladentür. Die beiden Angestellten verabschiedeten sich kurz, der eine ging nach links, der andere nach rechts. Liv stand schulterzuckend da, Susannah hockte geduckt im Gebüsch, sie hatten keinen Blickkontakt. Liv folgte dem Mann der Richtung Susannah ging.

„Der andere", tuschelte sie aus ihrem Versteck.

Liv drehte um, kurze Zeit später folgte ihr Susannah. Zu zweit nahmen sie die Verfolgung auf. Ein Bus hielt an der nahen Haltestelle. Corvin stieg glücklicherweise nicht ein. Sie folgten ihm durch ein Wohngebiet. Mehrstöckige Häuser mit acht oder mehr Wohneinheiten reihten sich aneinander, dazwischen lagen kleinere Ladenzeilen und Kioske für schnelle Alltagseinkäufe. Schlichte Grünstreifen, sowie zierliche Vorgärten vor den Häusern lockerten die enge Bebauung auf. Plötzlich bewegte sich Corvin deutlich angespannter, sie mussten aufpassen ihn nicht einzuholen. Sie folgten seinem seitlich geneigten Blick. Im Vorbeigehen erkannten sie die Zivilstreife in ihrem Wagen. Sie hatten ihre Polizeimützen auf der Rückbank griffbereit abgelegt. Hier wurde überwacht.

In Hausnummer 173 verschwand ihre verfolgte Person. Sie hatten seine Adresse. Liv ging ein Stück weiter, näherte sich direkt dem Hauseingang, kehrte dann wieder zurück zu Susannah. Sie wiederholten den Ablauf bei den angrenzenden Nachbarhäusern bis sie außer Sichtweite der Zivilstreife waren. In einer kleinen Nebenstraße gab Liv dann ihre Informationen preis. Fünf Wohnungen waren laut Klingelschild bewohnt, drei standen leer. Im Erdgeschoss von Hausnummer 173 wohnte ein C Punkt, ihr gesuchter Corvin.

* * *

Er lag benommen auf dem harten Kellerboden und horchte in die Stille hinein. Die Drohung hallte in seinem Kopf nach. Der Sturz hatte ihm für eine Weile die Sinne genommen. Luke setzte sich geräuschlos auf. Atmete leise. Aus verfallenden Mauerlöchern fiel Licht in den fensterlosen Kellerraum, seine Augen gewöhnten sich an die schwache Helligkeit. Sitzend wartete er, hörte bis dahin keine verdächtigen Rumpelgeräusche. Die drei Männer hatten offensichtlich das Haus verlassen. Er wägte ab, ob sie wirklich verschwunden waren oder in der Nähe in einem Camper oder ähnlichem Gefährt saßen. Er konnte es nicht ausschließen. Nach einer weiteren Stunde traf er eine Entscheidung. Erst zaghaft, dann lauter und kräftiger imitierte er einen Hustenanfall. Unkommentiert verhallten seine Laute in den Räumlichkeiten des Gasthofes, das Haus schien leer, die rücksichtslosen Gesellen waren außer Hörweite.

Luke stemmte sich unter die Bodenluke. Verflixt sie gab nicht einen Zentimeter nach. Er drückte mit gebeugtem Nacken, stieß mit beiden Händen abwechselnd und gleichzeitig unter beide Flügeltüren. Ineinander verkeilt hielten sie in ihren rostigen Scharnieren die Luke zu. Im

Kellergerümpel befand sich kein brauchbares Hebelwerkzeug, meist knacksten die morschen Holzstiele und rostigen Stangen beim Biegetest zwischen seinen Händen widerstandslos auseinander. Das restliche Werkzeug zerbrach wirkungslos am Scharnierwiderstand.

Die massiven Kellerwände verhinderten ein Entkommen. Ein aus Naturstein gefertigtes Mauerwerk, gut einen halben Meter tief, umschloss den Raum. Teilweise armdicke Löcher waren bodennah ausgespült oder oberhalb an abbröckelnden Steinkanten entstanden. Seine erste von vielen Untersuchungen offenbarte, dass keine der Öffnungen groß genug für ein hinausschlüpfen war. Sein Lärmen an der Luke blieb ohne Konsequenzen, das böswillige Trio war abgezogen. Wenigstens eine kleine gute Nachricht. Er rutschte am Mauerrand entlang und setzte sich mit ausgestreckten Beinen auf den Boden. Da leckte etwas Feuchtes an seiner Hand. Wer war durch ein Mauerloch hereingeschlüpft? Eine liebgewonnene Bärchennase streckte sich ihm entgegen.

Der Sturz von der Klippe hatte Pea heftig zugesetzt, ihn aber nicht lebensbedrohlich verletzt. Er hatte sich zum alten Gasthof zurückgeschnuppert. Der Lärm vom Hinterhof hatte Pea anfangs erschreckt, sodass er sich in sicherer Entfernung ins Gebüsch zurückzog. Von dort hatte er sich, einige Murmeltier-Minuten später, vorgewagt bis zur Eingangstür, bevor er das Haus umkreiste. Nase am Boden, war er auf allen vier Pfoten entlang einer unsichtbaren Wellenlinie getrippelt. Überrascht hatte er Lukes Geruch aus einem der Löcher wahrgenommen und war flugs in den Bau hineingeschlüpft. Die Freude über seine

Rückkehr überstrahlte für kurze Zeit Lukes bedrohliche Lage. Sein Verstand arbeitete bereits im Überlebensmodus. Er brauchte einen Wasservorrat.

In der Nacht ersann er eine Möglichkeit: wenn er Peas Laufwege richtig erahnte gab es eine Chance für ihn. Es würde sicherlich einige Tage dauern, daher fing er gleich am nächsten Morgen mit dem Training an. Anfänglich sträubte sich Pea, wollte den umgebundenen Lappen umgehend mit seinen Pfötchen abstreifen. Als wäre das nicht Strafe genug ignorierte Luke ihn bei der Rückkehr von seinen Streifzügen oder schob ihn erneut durch ein Mauerloch hinaus. Ihre alte Vertrautheit erhielt der kleine Kratzer nur, wenn er zuvor durch den Bach am Hofeingang trippelnd zurückkehrte. Pea begriff das neue Spiel und lief mit dem Lappen zum Bach und wieder zurück. Luke wrang das Wasser aus dem Lappen und sammelte es in alten tongebrannten Untertopfschalen. Er verfeinerte spielerisch die Technik und ließ Pea morgens und abends einige Male hin und her laufen bevor er ihm den trichterförmig gedrehten Lappen wieder abnahm. Für den Rest des Tages hatte Pea freien Lauf. Pea war sehr zufrieden, freute sich bei jeder Rückkehr, dass sein bester Kumpel die Vorzüge eines eigenen Baues zu schätzen wusste.

Neben zwei Müsliriegeln befand sich nur ein vergessenes Willkommensbonbon vom Hotel in seinen Taschen, ziemlich wenig. Sein Wunsch eine alte Vorratsration im Keller zu entdecken erfüllte sich nicht. Jeder Winkel, jede Ecke wurde mehrmals durchkämmt, seine Versuche die

Bodenluke zu öffnen stellte er nach und nach ein. Es war eine unnötige Kraftverschwendung, wie er sich eingestehen musste. Mehrmals startete er an ausgesuchten Stellen einen Versuch die Mauerfuge frei zu kratzen. Aber es ließ sich kein Stein bewegen, weder herausdrücken noch heraus puhlen. Wie lange würde er hier unten festsitzen? Pea versorgte ihn treu mit Wasser, aber suchte jemand nach ihm? Und wenn, konnten sie ihn überhaupt finden? Er dachte an Liv. Den Abend und die Nacht die sie verbracht hatten.

Hatte er sie stark beeindruckt oder war er für sie nur eine willkommene Abwechslung auf ihrer Dienstreise? Er glaubte an das erste, sie hatte ihm den Skarabäus geschenkt. Bei Liv spielte es keine Rolle, dass er ein Murmeltier als tierischen Begleiter besaß. Manchmal beschlich ihn das Gefühl, Frauen fühlten sich dadurch angezogen. Einen Mann, der mit einem Murmeltier umherreiste, gab es vielleicht nur einmal auf der Welt. Frauen, die ihm näher gekommen waren, hatte eventuell überwiegend diese exotische Tierfreundschaft gereizt.

Wie damals das Zimmermädchen auf Zimmer 8. Sie könnte auch ein Hotelgast gewesen sein, im Nachhinein konnte er es nicht mehr herausfinden. Luke stand bereits vorm Frühstücksbüfett und ging zurück aufs Zimmer, um seine Armbanduhr zu holen. Auf dem Flur stand der Servicewagen vom Personal. Weiße Handtücher, gestärkte Bettlaken, frisch aus der Reinigung, waren sorgfältig aufgestapelt. Sie stand in seinem Zimmer zupfte flüchtig am Bettlaken. Strich im Umdrehen hektisch über den Bettbezug, der bereits ordentlich dalag. Ein kurzes Kratzgeräusch aus der Kühlbox ließ sie erschrecken. Im Stolpern fing er sie auf. Ihre Wangen berührten sich. Ihr Herz schlug schneller unter ihrer Brust, die sich fest gegen ihn presste.

„Nicht erschrecken, darin ist nichts Gefährliches. Nur ein junges Murmeltier, das tut niemandem etwas."

Beruhigend sprach Luke auf sie ein und öffnete die Box.

„Dann hab ich mich umsonst erschreckt", sagte sie und blickte auf den kleinen Kratzer.

„Ich wollte Ihnen gerade eine Nachricht hinterlassen. Im Servicewagen sind uns einige Kosmetikartikel ausgegangen. Ich werde das heute Nachmittag nachbestücken; ansonsten ist Ihr Zimmer fertig."

„Machen Sie sich keine Umstände deswegen, ich habe alles was ich brauche. Jeden Tag eine neue Duschhaube ist nicht nötig", grinste er aufmunternd zurück.

„Nein, es muss alles richtig aufgefüllt sein. Entschuldigung für die Unannehmlichkeiten", damit verließ sie den Raum.

Spät abends klopfte es an seiner Zimmertür. Das Zimmermädchen stand davor und hielt eine Flasche Wein in der Hand.

„Zimmerservice." Ihre weißen Zähne blitzten hinter einem weiten Lächeln, kleine Sommersprossen tanzten um ihre Nase herum.

„Ich hoffe ich störe nicht." Bevor er antworten konnte, lag ihr Zeigefinger auf seinen Lippen.

„Bitte nicht Nein sagen. Ich habe Feierabend und möchte sie auf ein Glas Wein einladen."

Sie setzten sich und kamen sich im Laufe des Abends näher. Tinkara lachte gern. Ihr Lachen war ansteckend, dabei kippte sie leicht ihren Kopf nach hinten und ihr Kinn mit dem kleinen Grübchen wippte nach unten. An ihrer Bluse öffneten sich zwei weitere Knöpfe, verführerisch zeigten sich die Rundungen ihrer Brüste unter einem transparenten BH.

Als er in Unterhose bekleidet aus dem Bad zurückkehrte, lag sie ohne Bluse im Bett, ihre Arme nach oben ausgestreckt.

„Machst du die Box auf bevor du zu mir ins Bett kommst. Bitte", wünschte sich Tinkara.

Luke tat ihr den Gefallen. Erst Wochen später dachte er an die Ereignisse dieser Nacht zurück, grübelte und zweifelte, wer mehr Anziehung ausübte – er oder Pea.

Susannah nahm nicht ihren Mietwagen, obwohl frühmorgens wenig Autoverkehr herrschte. Die Buslinien wurden im Minutentakt bedient, sie konnte unweit ihres Hotels einsteigen und in unmittelbarer Nähe vom Ziel aussteigen. Wenige Schritte trennten Susannah vom Musemsgebäude.

Liv wartete bereits. Der Fahrstuhl hielt und nach einer halben Ewigkeit, man glaubte bereits der Lift würde erneut nach oben fahren, öffneten sich, auf ihren Schienen metallisch klackernd, gemächlich die Seitentüren.

„Danke Professor Lannie, dass Sie die Zeit erübrigen konnten", schmeichelte ihm Liv zur Begrüßung entgegen.

„Das ist meine Assistentin", stellte sie beiläufig Susannah vor.

„Ich möchte gern mit Ihnen einige Namen abgleichen, danach sind wir gleich wieder weg. Sie sagten, sie kennen ihr Personal recht gut. Ist unter den Museumswärtern ein Herr A. Falsa?"

„Der Name ist mir nicht untergekommen. Nein."

„Vielleicht ein Herr Marf Lince?"

„Allerdings, Marli ist einer unserer Wärter. Ein feiner Kerl zuverlässig, gewissenhaft. Einer unserer langjährigen

Angestellten.“

„Sehr schön, das hilft uns weiter. Laut meiner Liste kann ich annehmen, dass ein Herr Loha und ein Herr Tamio Atler nicht zum Personal gehören. Richtig?“

„Das kann ich bestätigen.“

„Danke für Ihre Mithilfe Professor Lannie“, verabschiedete sich Liv.

Sie hatten eine Verbindung zwischen Corvin und einem der Museumswärter hergestellt.

„Jetzt damit zur Polizei.“

„Die Informationen reichen nicht aus. Lass uns Herrn Lince besuchen, wenn er nicht Zuhause ist können wir auf ihn warten oder immer noch zur Polizei gehen.“

„Vielleicht fühlt er sich in die Enge getrieben und wird gefährlich?“, gab Susannah zu bedenken.

„Wir sind zu zweit und haben unser Pfefferspray ...“

„Ich habe kein Pfefferspray.“

„Okay, wir haben ein Pfefferspray dabei. Wir klingeln und entscheiden spontan. Wenn es zu brenzlig wird sagen wir, wir hätten uns in der Wohnungstür geirrt oder so.“

„Einverstanden.“

Sie liefen über den Steinboden hinaus, die Absatzgeräusche ihrer Schuhe hallten im lichten Raum nach. Eines des wartenden Taxis vorm Museum brachte sie in die Stadt zurück.

Im Augenwinkel nahm sie Susannah war, wie sie sich die Lippen nachzog. Instinktiv richtete Liv ihr Kostüm aus.

Ihre samtschwarzen Stiefel und eine farblose Strumpfhose betonten die Farbe ihres Kostüms. Es saß perfekt. Noch einmal durchatmen bevor sie den Klingelknopf drückte.

Herr Lince öffnete mit seinem einfachen ‚in Erwartung eines Postboten‘ Gesichtsausdruckes. Liv stellte sich kurz als Versicherungsbeauftragte vor und Susannah wiedermal als ihre Assistentin.

„Von der Versicherung verstehe, aber hat die Polizei nicht alle Unterlagen vorliegen? Kommen Sie herein.“

Über einen kleinen Flur führte er sie ins Wohnzimmer, aus der Küche holte er drei Gläser mit Wasser, nachdem sie Kaffee und Tee ablehnten. Sie verteilten sich im Wohnzimmer, Liv und Susannah standen am Wohnzimmerfenster während Marf sich mehr in der Raummitte befand, alle drei blieben stehen.

„Herr Lince, wie Sie sich denken können ist der Schaden für die Versicherung sehr hoch. Und wie soll ich es sagen, wir müssen sicher sein, keine noch so unscheinbare Verknüpfung zu übersehen. Daher mein Besuch heute bei Ihnen.“

„Zu mir? Aber ich bin ein ehrlicher Mensch. Ich bin zufrieden mit meinem Job im Museum ...“

„Aber Ihr Nachbar nebenan, Herr ...“, setzte Liv dazwischen.

„Sie meinen Corvin? Was soll mit ihm sein. Ja, er sieht etwas finster aus – wegen der Narbe im Gesicht. Anfangs war ich auch skeptisch, ist mittlerweile fünf Jahre her seit dem er hier einzog. Ist ein ganz feiner Kerl der Corvin. Freundlich, hilfsbereit. Hat mir vor zwei Jahren aus der

Patsche geholfen. Wir hatten uns abends bei mir getroffen, ich stolperte und landete auf dem Hosenboden. Eigentlich nicht weiter schlimm. Ich merkte aber sofort, dass da etwas nicht stimmte. Stellen sie sich vor, einer von den Museumsschlüsseln steckte in meiner Tasche. Das verflixte Ding muss sich dort verhakt haben. Heute prüfe ich dreimal das alle meine Taschen leer sind bevor ich das Museum verlasse. Es ist verboten Schlüssel mitzunehmen, die müssen immer ordentlich im Schlüsselkasten verwahrt werden. Der Aufprall hat den Schlüssel grundlegend verbogen, das hätte eine Menge Ärger gegeben. Corvin bot sich an, das Ding zu richten. Er hat so eine Art Wärmebrett bei sich in der Wohnung, damit kann er Schlüssel richten ohne, dass diese brechen. Was soll ich Ihnen sagen keine halbe Stunde später war er mit dem Schlüssel zurück, 1A sah der aus, wie zuvor. Keine Anzeichen einer Verbiegung. Der funktioniert heute noch einwandfrei. Und letztens erst, da hat er meinen alten Backofen repariert. Ich wollte den bereits wegschmeißen, aber er hat den Fehler gefunden. Nur ein Wackelkontakt am Temperaturregler. Ein Wort und Corvin kommt. Ein hilfsbereiter Kerl."

„Nur so ein Gedanke. Könnte er sich einen Zweitschlüssel gemacht haben?"

„Wieso? Doch nicht Corvin. Wieso auch? Der Schlüssel ist für den Innenbereich. Er ist nutzlos, damit kommt man nicht ins Museum hinein. Der Schlüssel gehört zu einem Ausstellungsraum entlang des Treppenaufgangs auf der ersten Fluretage. Der öffnet keine weiteren Türen. Die Treppe erreicht man nur durch den Haupteingang oder einen der beiden Seiteneingänge. Alle Eingangstüren sind über ein gesondertes Sicherheitssystem verriegelt. Also nein, meine Damen das ergibt keinen Sinn."

„Alle Außentüren waren bei dem Einbruch unbeschädigt", bestätigte Liv.

„Sehen Sie, unmöglich. Selbst wenn der Dieb sich in den Toiletten versteckte, käme er nicht hinaus, er säße mit seinem Bild in der Falle."

„Moment mal, vom Toilettenbereich hat man direkten Zugang zu den Ausstellungsräumen?"

„Nicht zu allen, es gibt Etagen bei denen zusätzlich der Flurbereich zu den Ausstellungsräumen über große Doppelflügeltüren abgesperrt wird."

„Der Raum, der zu Ihrem ehemals verbogenen Schlüssel gehört, ist der Raum einer der direkt zugänglichen Räume?"

„Hmmh, ja schon. Aber nein, Corvin hat mit dem Diebstahl nichts zu tun. Das glaube ich nicht, ist doch eine alte, längst vergessene Geschichte. Sie werden sehen, das war eine Bande auswärtiger Krimineller. Also ich sage keine Namen, ein Kollege von mir erklärt sich das so. Die haben das Bild hinter die Schließfächer geschoben und später abgeholt. Man kennt ja diese Spiegeltricks der Zauberkünstler, damit täuschten sie die Polizei, die dort nichts sah. Die Lücke zur Wand reicht aus, um ein Bild ohne Rahmen dahinter zu schieben. Der zerkleinerte Rahmen liegt irgendwo, geschickt versteckt, wenn Sie den erstmal finden, werden Sie Ihren Irrtum einsehen und die Verdächtigungen hören auf.

Wenn sie mich jetzt entschuldigen, der Getränkelieferant kommt heute. Ich müsste noch in den Keller, um meinen Vorrat zu prüfen."

„Danke für Ihr Verständnis und Ihre Zeit, Herr Lince", sagte Liv an der Wohnungstür zum Abschied. Alle drei standen im Hausflur. Lince zog die Wohnungstür zu und ging zur Treppe nach oben. Auf halber Höhe schaute er zurück auf die fragenden Blicke von Liv und Susannah.

„Meine Damen falls Sie sich wundern, die Kellerräume des Hauses befinden sich oben. Der Untergrund des Hauses erlaubt keine Unterkellerung, daher liegen alle Abstellräume in der obersten Etage. Wir sagen aus Gewohnheit weiterhin Keller dazu", mit dieser Erklärung setzte er seinen Aufstieg fort.

Susannah und Liv suchten sich ein schönes Café in der Nähe.

„Was glaubst du?", fragte Liv.

„Ich kann mir nicht vorstellen, dass der Museumswärter damit drin hängt."

„Das sehe ich genauso, sonst hätte er nicht unbekümmert drauflos geplaudert. Ich erzähle dir etwas aus den nicht veröffentlichten Untersuchungen. Bei den Damentoiletten stellte die Polizei einen Schwachpunkt fest. Der Ausbau erfolgte nachträglich, vorher gab es nur einen Toilettenbereich, die jetzige Herrentoilette. Das Oberlichtfenster der Damentoilette besteht aus Sicherheitsglas, aber die Kippfunktion zum Lüften wurde nicht mit dem Sicherheitssystem verbunden. Das Fenster hat auf einer Länge von einen Meter sechzig eine Höhe von zwanzig Zentimetern. Ein gekipptes Oberlichtfenster hätte nachts keinen Alarm ausgelöst. Die Öffnung ist aber zu schmal, um einem Dieb Einlass zu verschaffen."

„Aber die Diebe konnten sich im Vorhinein im Gebäude verstecken. Verschafften sich mit dem Zweitschlüssel Zugang zum Ausstellungsraum. Schwups das Bild von der Wand durch das Oberlichtfenster bei den Damen nach draußen befördert. Dort warteten ein oder zwei weitere Komplizen bereitwillig es abzunehmen", deutete Susannah ein mögliches Vorgehen des Diebstahls an.

„Das Gemälde haben wir rausbekommen. Der Alarm hätte beim Bildabhängen anschlagen müssen, tat er aber nicht. Der oder die Diebe stecken weiterhin im Museum fest. Wie kommt man aus einem Museum geräuschlos raus?", resümierte Liv.

„Wer alarmierte damals die Polizei?"

„Ein besorgter Anwohner meldete in der Nacht, dass Licht im Museum zu sehen sei. Als die Polizei eintraf, waren Täter und Bild verschwunden."

„Wurde das Alarmsystem ausgeschaltet bevor die Polizei das Museum betrat?"

„Vermutlich ja. Hast du eine Idee Susannah?"

„Könnte sein, eine Überprüfung wäre es wert. Obwohl ich kein Mann bin."

Sie bestellten ein Taxi und fuhren zum Museum. Die Angestellten hinter der Kasse schauten erstaunt, unternahmen jedoch weiter nichts, als Susannah auf die Herrentoilette entschwand. Sie kam nickend zurück. Ein

Mann kam ihr entgegen, der stoppte verdutzt, als er sie sah. Liv nutzte diese Gelegenheit, überholte den Mann und entschwand ebenfalls in die Herrentoilette. Kurz darauf verließen beide das Museum in Richtung ihres Terrassencafés.

„Das Fenster ist groß genug."

„In dem Moment, als für die eintreffenden Polizeikräfte die Alarmanlage ausgeschaltet wurde, Fenster auf und hinaus. Unser Mr. Corvin verfügt über das nötige Wissen ein Fenster von innen und außen verschlossen zurückzulassen", stimmte ihr Susannah zu.

Während sie an Tisch drei ihre Plätze einnahmen, stellten sie weitere Überlegungen an.

„Du musst wissen, auf dem Dach sind modernste Scheinwerfer installiert. Wird ein Alarm ausgelöst, wird automatisch der gesamte Außenbereich vom Museum taghell erleuchtet. Behielt unser Dieb aber die Nerven, konnte er oder sie beim Eintreffen der Polizei unbemerkt durch die Grünanlage entkommen. Ob die Polizei zu ähnlichen Schlüssen kommt? Aber das Bild bleibt verborgen, wir konnten es bisher nicht nach oben ans Tageslicht befördern", gab Liv zu bedenken.

„Oben? Hat nicht einer von Corvins Freunden behauptet sie hätten ein Problem oben. Oben im Keller? Liegt das Gemälde in Corvins Keller?"

„Wegen der anhaltenden Polizeiüberwachung können sie es nicht rausholen. Bezahlst du? Ich bestelle uns ein Taxi", fügte Liv hinzu.

Die Taxifahrt endete schneller als gewünscht. Sie hatten sich keinen richtigen Plan überlegt. Wenn ihre Vermutung stimmte, würde es riskant werden. Sie konnten nicht einfach klingeln und Einblick in Corvins Keller verlangen. Die Polizei jetzt zu informieren, wäre ein zäher Prozess und im besten Fall reagierten sie erst am nächsten Tag. Die beiden Objektbeobachter saßen in ihrem Wagen, diese würden ihnen nicht ohne ausführliche Erklärung folgen. Unschlüssig näherten sie sich dem Hauseingang. Spontan drückte Liv einen der oberen Klingelknöpfe.

„Getränkelieferung", sprach sie in die Gegensprechanlage.

„Danke, wir brauchen diesmal nichts. Aber vielleicht Frau Loha von gegenüber. Ich mache auf."

Ihr Herr Loha schien eine Frau zu sein oder ein Ehepaar, auf dem Klingelschild war nur Loha als Name angegeben. Wie dem auch sei, sie bekamen Einlass. Der Haustürsummer ertönte, Liv drückte gegen das Türblatt. Liv und Susannah warteten einen Moment im Hausflur, niemand rief zu ihnen herunter, dann gingen sie die Treppe hinauf bis ins oberste Stockwerk.

Der Zugang zu den Kellerräumen lag hinter einer massiven Eisentür, ein einfaches Riegelschloss verband die Eisentür mit der Zarge. Zum Öffnen hoben sie den massiven Riegel hoch. Sie gingen den Flur entlang und zählten neun Räume. Acht verschlossene Abstellräume für jede Wohneinheit einen. Der unverschlossene Raum war der

Wirtschaftsraum für die Allgemeinheit. Die Abstellräume waren mit Geschoss und Wohnungsnummer markiert, Corvins Kellertür fand sich schnell. Mit aktivierter Taschenlampen-Funktion leuchteten sie mit ihren mobilen Telefonen durch kleinste Türritzen ins Innere. Liv kniete nieder, um über den Fußboden spähend etwas zuerkennen.

Die Eisentür öffnete sich erneut. Der Wärter trat ein, hielt eine Getränkekiste in der Hand.

„Was machen Sie denn hier?"

„Entschuldigung. Wir wollten uns einen allerletzten Eindruck verschaffen, damit wir Herrn Corvin von der Liste der Verdächtigen streichen können."

„Im Kellerraum?", wunderte sich Marf.

„Der gehört dazu. Die Räume ... der Kellerraum zeigt einen gepflegten Zustand ... von außen. Alles in allem rundum solide, wie das gesamte Haus. Wir sind überzeugt Herrn Corvin streichen zu können", redete Liv drauf los, um Zeit zu gewinnen.

„Dummerweise ist mir mein Ohrring runtergefallen. Ich kann ihn nicht finden. Ich fürchte, er ist unter diese Tür gerutscht. Sie haben nicht zufällig einen Schlüssel für diese Tür?"

„Das ist nicht mein Kellerraum, meiner liegt daneben."

„Schade. Der Ohrring war ein Andenken, aber machen sie sich keine Umstände."

„Eigentlich darf ich das nicht. Es gibt einen Zweitschlüsselsatz, ist eine Sicherheitsvorschrift der Feuerwehr. Zur Vermeidung von Funkenflug bei verdächtiger Gasentwicklung und zur Bekämpfung von Schwellbränden müssen die Türen im Notfall ohne schweres Gerät geöffnet werden können. Sie schauen kurz weg, okay", mit diesen Worten ging er hinaus vor die Eisentür. Metall schabte auf Metall. Eine kleine Stille trat ein, bevor erneut Metall auf Metall schabte. Marf kam zurück mit einem Schlüssel in der Hand.

„Machen sie schnell und kein Wort zu niemandem", er drehte den Schlüssel im Schloss um. Die Tür öffnete sich nach innen, ein Ohrring ließ sich dahinter nicht finden. Auf einem kleinen Holzgestell lagerte ein stoffumhüllter Gegenstand. Am unteren Ende war eine kleine Stelle nicht bedeckt, diese gab den Blick frei auf eine holzverzierte Bilderrahmenkante.

Der Wärter blieb sprachlos am Kellereingang stehen. Liv trat bestimmt hinein und zog vorsichtig am Stoff. Sie hatten das gestohlene Gemälde vor Augen. Susannah trat hinzu, um hautnah ihren Fund zu bestaunen. Liv umarmte sie.

„Ich muss jetzt gleich die Polizei anrufen. Wenn du deinen restlichen Urlaub nicht in Behördenbüros verbringen möchtest, solltest du besser gehen", flüsterte Liv ihr ins Ohr.

„Daran habe ich nicht gedacht. Eine gute Idee. Detektivin Liv weiterhin viel Erfolg."

„Danke Detektivin Susannah. Wir bleiben in Kontakt."

Gegenüber dem Wärter schickte Liv ihre Assistentin wegen einer Büroangelegenheit voraus zur Versicherungsgesellschaft, dann ließ sie sich mit der leitenden Polizeidienststelle verbinden. Im Anschluss informierte sie ihren Chef über die angenehme Wendung in diesem Versicherungsfall. Zusammen mit Marf erwartete Liv das Eintreffen der Polizei.

Susannah hielt sich unten auf der Straße in der Nähe der Zivilstreife auf. Falls unerwartet Corvin oder einer der anderen Männer erschien, hätte sie Alarm geschlagen.

Geschützt stand sie im Schatten eines Strauches, beobachtete von dort das Vorfahren zweier Polizeiwagen, danach ging sie zurück in ihr Hotel.

***

Morgens beim Frühstück im Hotel hingen Susannahs Gedanken ungläubig den Ereignissen der letzten Tage nach. Sie hatte das gestohlene Gemälde gefunden, ihre Augen funkelten vor lauter Stolz. Eine Zufriedenheit durchströmte ihren Körper gab ihr Kraft und Zuversicht, dass sie Luke genauso bald finden würde. Der Kriminalfall war eine Herausforderung gewesen, für Susannah genau die richtige Ablenkung, um ihre Sorgen, die sie sich um Luke machte, zu dämpfen. Im Hotelzimmer allein und untätig abzuwarten war nicht ihre Stärke, da hätte sie sich haltlos in Ungewissheiten hineingesteigert. Ihre Besorgnis verschlimmerte sich, da ihr Chat, den sie von Zuhause abgeschickt hatte, weiterhin kein Empfangsbestätigungssymbol zeigte.

Ihre Hoffnung lag nun auf einem Kontakt mit dem Leiter vom Camp. Das Institutsbüro öffnete heute, dorthin sollte ihr erster Weg führen. Ein Blick auf ihre Armbanduhr verriet, dass sie noch Zeit hatte. Leider zu viel Zeit, bis das Büro öffnete. Lustlos stand das halbe Frühstück vor ihr, ein Brötchenrest mit Wurst belegt, ein hausgemachtes Rührei mit frischen Kräutern kühlte unberührt ab, am Tellerrand trockneten vergessene Melonen- und Ananasstückchen. Sollte sie einen weiteren Kaffee oder einen Saft holen, um Zeit abzubummeln, quälende Gedanken am Morgen, sie konnte sich zu keiner Entscheidung durchringen. Wenn sie gleich losfuhr müsste sie vor dem Verwaltungsgebäude sinnlos im Auto auf Einlass warten. Kalter Kaffee schwamm in der halb geleerten Tasse, sie war in Sorge.

Als Susannah endlich aufstand blieben das restliche Frühstück und ein unberührtes Glas mit Orangensaft zurück, sie ging zur Treppe und von dort abwärts ins Untergeschoss. Ihr kleiner Flitzer sprang zuverlässig an, schaltete automatisch das Tagfahrlicht ein und sie fuhr aus der Tiefgarage.

An der nächsten Kreuzung reihte sie sich in den stadtauswärts fließenden Verkehr ein. Eine fortwährende Kombination von Auf- und Abfahrten leitete den Pendlerverkehr alle hundert Meter auf die vierspurige Hochstraße beziehungsweise hinunter. Fünf hintereinander aufgereihte Autos fuhren auf, sie wechselte die Spur, fuhr an den auffahrenden vorbei und zurück auf die Normalspur. Sie steuerte auf einen Rückstau zu, der sich hinter einem liegengebliebenen LKW bildete, mit verlangsamter Geschwindigkeit wechselte sie, wie auch die anderen Pendler, auf die Überholspur und rollte an dem Lastwagen vorbei. Die kleinen Wechsel fokussierten ihre Gedanken auf den fließenden Autoverkehr, bis sie im Verwaltungsbezirk vor dem Einkaufszentrum parkte, von dort ging sie zu Fuß zum Büro des Institutes. Ein Eichkätzchen huschte vor ihr über den Weg auf den nächsten rettenden Baum. Ein gutes Vorzeichen hoffte sie.

Die Angestellte empfing Susannah freundlich, hörte sich ihr Anliegen an. Der Leiter des Camps war Aron Mandel und momentan verantwortlich für ihre Ausgrabungen in den Soltrèe Bergen, gut hundert Kilometer entfernt von der Stadt. Sie bat Susannah im Vorraum zu warten. Da um die Zeit normalerweise im Camp die Tagesablaufbesprechungen liefen, konnte sie nicht gleich dort anrufen.

Der Vorraum war ein kleiner eckiger Raum mit Verbindung zum Eingangskorridor. Die hohen Wände waren hellgelb gestrichen und schlossen schnörkellos mit einem Rundbogen zur geweißten Decke ab. Möbliert war der Raum mit vier Stühlen und einem kleinen Tisch mit Vase. Die Blumen standen mit hängenden Köpfen im Wasser. Ein Fenster nach draußen fehlte, so roch die stehende Zimmerluft irgendwie nach Verlassenheit. Oder wie ein muffiger Abwaschschwamm für die Schultafel, kam es Susannah in den Sinn. Eine halbe Stunde später rief die Angestellte Susannah in ihr Büro, sie hatte Aron am Haustelefon und gab ihr den Hörer.

Im ersten Moment hatte Aron keine Idee wo Luke stecken könnte. Susannah berichtete von ihrem Besuch im Camp. Das Areal, welches sie ihm beschrieb, war ihm vertraut, und seiner Meinung nach hatte sie alle wichtigen Bereiche abgesucht. Ihm fielen keine weiteren Hinweise auf Lukes jetzigen Aufenthalt ein. Er schlug ihr vor, mit dem Fahrer des Camps, Artur, in Kontakt zu treten, vielleicht wisse der etwas. Artur habe Luke gelegentlich bei seinen Extratouren chauffiert. Allerdings könne Aron nicht sagen, ob Artur aktuell in der Stadt oder außerhalb arbeite, aber dabei könne sicher das Büro weiterhelfen, die haben alle nötigen Unterlagen. Immerhin ein Anknüpfungspunkt, der gab Susannah neuen Mut. Bevor sie auflegte, fragte sie Aron, ob ihr Pilotprojekt im Wald erfolgreich war. Das archäologische Camp auf dem Hochplateau war nahezu ohne dichten Baumbestand, daher vermutete Susannah, dass es sich um ein neues vorgelagertes Areal handelte, das sie auf Lukes Fotos sehen konnte. Aron konnte sich keinen Reim auf ihre Beschreibung machen, der Ausgrabungsradius von Königreich Nummer vier war seit Jahren unverändert. Es dauerte einen Moment bis Susannah die Gestik verstand, dann reichte sie der Angestellten ihr Smartphone, blieb selbst am Hörer mit Aron verbunden. Die Endgeräte von Privatpersonen durften nicht mit dem Rechnersystem der Verwaltung verbunden werden, also fotografierte die Angestellte Susannahs Display mit der firmeneigenen Kamera ab. Das digitale Bild stellte sie Aron in sein Online-Postfach, über seinen Laptop öffnete dieser dieses im gleichen Moment.

„Ach, das ist gemeint. Das war nicht bei uns oben im Camp, das war seine kleine Privatsuche. Die sogar ziemlich erfolgreich verlief."

„Können Sie mir sagen, wo genau das ist und wie ich dahin komme?"

„Die Stelle im Wald kenne ich nicht genau, sie wird aber in der Nähe vom alten Gasthof liegen. Dort hat er einige Zeit verbracht und seinen Rotgültigen gefunden."

Eine neue Spur. Susannah bedankte sich und legte auf. Die Angestellte war sehr hilfsbereit, hatte während des

Gespräches eine Navigationsseite auf ihrem Rechner aufgerufen, der verlassene Gasthof war ihr bekannt. Susannah notierte sich die Adresse, dankte der Angestellten nochmals und spendete in die kleine Kaffeekasse, die in Form eines quietschgrünen Geckos mit übergroßen Augen auf dem Tresen stand. Im Anschluss verließ sie das Büro.

War es ein Fehler, schoss es ihr durch den Kopf. Der kleine Mietwagen rumpelte erneut durch eine Unzahl von Schlaglöchern und furchenartigen Kiesauswaschungen, diese forderten die maximale Belastbarkeit seiner Konstruktion heraus. Sie war vorhin euphorisch zu ihrem Auto gelaufen und losgefahren. Ohne weitere Erkundigungen vertraute sie ihrem Navigationsgerät. Wenn das wieder in einem katastrophalen Feldweg endete, wie der neulich zum Camp, dann steckte sie bald fest. Eine zweite Rodia würde sie heute wohl nicht treffen. Susannah hielt am Straßenrand, stieg aus ihrem Wagen und lief ein Stück die Straße hinauf, sie hoffte der Zustand würde sich hinter der nächsten Kehre bessern.

Das, was sie vom Straßenverlauf einsehen konnte, gab leider wenig Hoffnung auf Besserung. Wenn sie jetzt umkehrte und ihren Zweitürer gegen einen Geländewagen tauschte, verlor sie den heutigen Tag. Die Vorstellung auf Morgen zu warten behagte ihr nicht, sie war eine Frau der Tat, taktieren und absichern zählten nicht zu ihren Tugenden. Aber blindlings in eine Sackgasse rennen, wollte sie auch nicht.

Ihre Augen blinzelten in die Sonne hinein. In unmittelbarer Nähe hob ein Greifvogel vom Feld ab. Flog mit kräftigem Flügelschlag bodennah über die Gräser. Vom Rumpf trieb seine Bewegung kräftig ins Federkleid bis in beide Flügelspitzen. Seine Federn legten sich in den Wind auf die Luft. Sein Luftkissen trug mehr und mehr, er gewann an Geschwindigkeit. Ein neuer Flügelschlag, Leichtigkeit zog ihn fort. Grazil steuerte der Kopf seinen Flug, schneller und schneller fegte er übers blühende Wiesenfeld, jeder Halm wogte hinter ihm her. Ich kann noch mehr, rief es aus ihm hinaus. Berauscht im Spiel der Elemente wurden beide Flügel neu eingestellt, schlugen tief nach unten und er sauste himmelwärts nach oben, als wäre es ein Nichts. Gelbe, rote, weiße Kornblüten wippten zurück, Löwenzahnblumen schickten ihre Schirmflieger hinterher. Doch diese fingen ihn nicht mehr.

Himmelwärts kreiste ein zweiter Greifer, mit weit ausgebreiteten Flügeln segelte er ruhig durch die Luft, steuerte mit gefächerten Schwanzfedern erhaben seine Bahnen. Seine scharfen Augen, abwärts gerichtet, lauerten auf Beute. Für kurze Zeit hatte man beide Vögel im Blickfeld. Der Greifvogel im Steigflug gewann weiter an Höhe, entfloh als kleiner pulsierender Punkt am Horizont ihrem Blick.

Susannah fasste einen Entschluss. Am Scheitelpunkt der Kehre stehend, frischte sie ohne Handspiegel ihre Lippen auf, bevor sie sich zum Auto drehte.

Ein grelles Licht blendete sie. Bergab, unterhalb der Stelle wo Susannah stand, funkelte es am Wegesrand. Der Wind spielte seicht in den Bäumen, schaukelte Äste und Blätter hin und her. Die Sonne spielte mit, füllte jede Lücke mit ihren hellen Strahlen aus; bezog den Flitzer mit ein, lichtumflutet strahlte emaille-artig sein blauer Lack. Im Scheinwerferglas reflektierten ihre Strahlen bis hinauf zu ihr. Trotz der leichten Blendung, freute sich Susannah, das helle Licht stimmte sie zuversichtlich.

Sie kehrte zurück, Schlüssel umgedreht, der tapfere Asphaltcowboy sprang umgehend an. Sie fuhr weiter, wechselte zwischen zweiten und dritten Gang je nach Schlaglochtype. Eine Kehre folgte der anderen bis vor ihr das Spinnweben-Haus erschien. Susannah parkte im Vorhof, stieg aus, begutachtete das Gemäuer erstmal von außen. Verfallen, aber nicht hoffnungslos baufällig, war ihr Eindruck.

Erwartungsvoll drückte sie die knarrende Haustür auf, trat über die Steinschwelle ins Innere und weiter, mit vorsichtig tastender Hand an der Wand, über die ungesicherte Treppe hinauf in die erste Etage. Unten im Erdgeschoss fiel die Tür in ihren schiefen Angeln schurrend zu. Unbewusst schlich sie, mit verzögerten Atemzügen, kaum hörbar auf leisen Sohlen durch die oberen Räume. Susannah traute sich nicht zu rufen. Die Zimmer waren staubbedeckt, ungelüftet roch es darin erdig, wie nach kaltem Lehm. In einem fensterlosen Abstellraum stand flurnah ein Kantholzgestell mit vier angelehnten Holzbrettern, die schienen neueren Datums zu sein, ansonsten waren die oberen Zimmer leer. Über ihrem Kopf war eine Dachbodenluke eingelassen, nichts deutete auf eine kürzliche Öffnung hin. Längst verlassene eingestaubte Wippen hingen ringsherum, verbanden dort nahtlos den Lukendeckel mit der Flurdecke. Dennoch löste Susannah eines der Kanthölzer und stieß damit unter die Luke. Holz traf auf Holz, das dumpfe Geräusch hallte laut durch den stillen Gasthof. Sie wiederholte den Stoß, nochmal donnerte es durchs Gebälk. Erst zaghaft, dann mit kräftiger Stimme rief sie nach ihm.

„Luke, hallo bist du da? Luke-Aurin! Hallo Luke? Luuhk."

Sie horchte in die eintretende Stille hinein, es kam keine Rückantwort. Enttäuscht ging sie hinunter, das Kantholz behielt sie in der Hand. Die stickige Luft schnürte ihre Kehle zu, sie eilte zur Tür hinaus. Hustete die drückende Luft aus ihren Lungen, das tat gut. Susannah griff sich den nächstbesten größeren Stein, diesen legte sie an die Eingangstür, damit sie nicht mehr von allein zuklappen konnte. Mit einem weiteren Stein ging sie ums Haus herum, der war für die Hintertür bestimmt. Ein anhaltender Luftzug durchs Haus sollte frischen Wind ins alte

Gemäuer treiben. Kurz vorm Eintreten in den hinteren Eingang bemerkte sie die Kellerluke auf ihrer rechten Seite. Ganz mechanisch hob sie ihr Kantholz und ließ es auf die massiven Bohlenbretter fallen. Ein kurzes abgehacktes Echo erklang, so bodennah hallte der Ton nicht grenzenlos nach.

Susannah erwartete keine Antwort. Sie befand sich bereits im Hausflur, als sie ein hölzernes Echo hörte. Unterschwellig, aber deutlich genug, vernahm sie ein schwaches Klopfsignal. Aus dem Stand zurück hin zur Kellerluke, auf die Knie, sie rief in die Bohlenbretter hinein. Zaghaft kam die Antwort, mehr ein krächzender Husten als erkennbare Worte. Sie griff mit beiden Händen in einen der Holzflügel, riss daran, der Deckel hob sich nicht. Beide Flügel waren hartnäckig gegeneinander verdreht.

Sie holte ihr Auto in den Hinterhof, suchte fieberhaft im Kofferraum nach dem Wagenheber-System, es gab keines! Abschleppseil – ebenso Fehlanzeige. Im Inneren lag ein vorbildlich verpacktes Reifenreparaturset, das half ihr hier nicht weiter. Ein Griff zur Warnweste gab ihr mehr Hoffnung, das könnte passen. Ein Teil der Weste stopfte sie durch ein offenes Astloch im Bodendeckel.

„Knoten. Du musst einen Knoten machen", rief sie hinterher.

Das verbliebende Ende war zu kurz, die zweite Weste brauchte sie an der Abschleppöse. Im Vertrauen darauf, dass trotz globalen Wettstreits, die branchenübergreifende Einsparungsmentalität von Material nicht zu Ungunsten einer gewissen Qualität und Strapazierfähigkeit führte, zog sie kurzerhand ihre Strumpfhose aus und verband die beiden Westen damit.

Der Wagen ruckte ganz kurz, dann war es vorbei, ein Kellerflügel stand geöffnet in seinem Scharnier. Mit schützend erhobener Hand kam Luke die Steinstufen hoch, schirmte seine Augen vor dem Tageslicht ab. Susannah stützte ihn bis er sich im schattigen Hausflur, mit dem Rücken an die Wand gelehnt, auf den Boden setzte. Susannah eilte zum Auto und holte ihre Getränkeflasche. Warum hatte sie nicht mehr Proviant mitgenommen, ärgerte sie sich innerlich, aber eine solche Notlage war nicht zu erahnen.

„Komm, ich setz dich ins Auto und fahre dich gleich ins Krankenhaus."

„Nicht ohne Pea. Bitte lass uns warten."

„Wie warten? Ist Pea im Keller, ja. Ich hole den kleinen Kratzer rauf und wir können losfahren."

„Pea ist draußen unterwegs. Er kommt gegen Abend zurück."

„Du weißt Pea bedeutet mir auch viel, aber ..."

„Kein aber, bitte lass uns warten. Ich halte bis dahin durch."

„Na gut. Hast du deine Sachen im Keller? Müssen wir davon etwas mitnehmen?"

Er schüttelte den Kopf und zeigte stattdessen in Richtung hinteres Büro. Susannah trug seinen zusammengeknüllten Schlafsack, die Kühlbox und andere Sachen heraus. Seine verschimmelten und vergorenen Lebensmittel entsorgte sie gleich mit einem Wurf aus dem Bürofenster. Luke blieb im Flur sitzen. Sein Anblick bescherte ihr ein ungutes Gefühl, er wirkte schwach und ausgemergelt. Aber sie verstand ihn gut und wusste, warum er nicht ohne Pea abfahren wollte. Wenn sie jetzt den Hof verließen, würden sie danach den kleinen Kratzer hier nicht mehr vorfinden. Es wäre wie die berühmte Stecknadel im Heuhaufen zu finden, wobei ihr Haufen ein Gebiet von mehreren tausend Quadratkilometern umfassen würde.

Die Abenddämmerung setzte ein, Pea schlüpfte durch sein Mauerloch in den Keller hinein. Heute war es nicht so vertraut wie in letzter Zeit. Vage hing der Geruch von Luke in der Luft, der Raum war heller als gewöhnlich.

„Komm Pea, es ist Zeit zurückzukehren. Komm her kleines Murmi wir fahren", lockte Susannah auf der Treppe sitzend, die vertraute Kühlbox stand daneben.

„Ist er gleich gekommen?", fragte Luke Susannah als sie ihn im Flur abholte.

„Pea hat hier und da ein wenig rumgeschnuppert, vermutlich an den Plätzen wo du sonst saßest, dann hopste er in meine Richtung und ließ sich hochheben. Ich kraulte ihn wie früher hinter den Ohren, willenlos ließ er sich in die Box legen und zum Auto bringen."

„Der kleine Kratzer liebt dieses wilde Leben hier draußen, wo sein bester Kumpel abends höhlenartig auf ihn wartete. Wir teilten uns einen übergroßen Murmeltierbau, dummerweise bin ich nicht so anpassungsfähig wie er. Ich bin froh, dass er seine Kühlbox-Welt wieder mit mir teilt", gab Luke seinen Sorgen und Hoffnungen Ausdruck.

Mit diesen Worten ließ er sich auf die Rückbank fallen.

„Halt, das Ofenrohr!", im Handumdrehen schaute Susannah sehr besorgt zu ihm, als sie das hörte.

„Noch nicht losfahren. Im Ofenrohr, genauer im Wandanschluss für das Rohr, liegt meine Ledertasche. Susannah bitte, du weißt schon meine Sammlerstücke, die müssen wir mitnehmen."

„Was hast du nur für Ideen", kam sie kopfschüttelnd mit der Tasche zurück.

„Naja, zur Sicherheit. Falls Tiere aus dem Wald, Waschbären oder so, meine Abwesenheit tagsüber ausgenutzt hätten für einen durchwühlenden Besuch. Meine wertvollen Stücke wollte ich dabei nicht verlieren", rechtfertigte Luke sich mit entschuldigendem Blick.

Das waren für längere Zeit die letzten Worte die Susannah von ihm hörte, dann fiel er entkräftet auf die Rückbank. Für Pea hatte er sich die ganze Zeit zusammengerissen, damit Susannah bereit war zu warten, jetzt übermannte ihn seine Erschöpfung.

Von der langen Rückfahrt im Asphaltcowboy bekam er wenig mit. Das Schlagen der Federbeine blieb ein permanentes Geräusch. Der kleine Flitzer sank hinein und hob sich aus den Schlaglöchern, Lukes Kopf folgte ruckend dem Takt. Erst auf der Zufahrtsstraße konnte Susannah wieder die Gänge vier und fünf benutzen, alle vier Reifen surrten auf dem Asphalt Richtung Stadt.

Wie und wann sie in die Stadt gekommen waren, hatte

Luke nicht mitbekommen. Susannah verfrachtete ihn in ihr Hotel, erst dort tauchten wieder Erinnerungen bei ihm auf. Er saß auf einem Stuhl, weil sie im Bad etwas herrichten musste. Anschließend half sie ihm beim Ausziehen und ließ ihn in die Badewanne mit warmem Wasser steigen. Ein paar Minuten durfte er in Ruhe einweichen bevor sie zur Schere griff und seine Fingernägel auf ein vernünftiges Maß kürzte. Dann setzte sie sich auf den unteren Wannenrand, klopfte auf ihren Schenkel, brav legte er seinen Fuß darauf. Hier half lediglich die große Nagelschere weiter, kleine Ausreißer korrigierte sie im Nachgang mit der Nagelfeile.

„Komm ich helfe dir beim Haare waschen.“

Luke nickte zustimmend, wunderte sich nur, dass die Shampoo Flasche ungeöffnet vor ihm stand, dann ging alles recht schnell. Das Rasiergeräusch kam nicht aus dem Hotelzimmer von nebenan, der Rasierer lag in Susannahs Hand, die Schneidklingen glitten über seinen Kopf, alle Haare mussten weichen.

„Da gab es nichts mehr zu retten, die mussten weg. Ich hoffe, dir gefällt deine erste Glatze seit deiner Geburt“, gab sie ihm nach wenigen Minuten zu verstehen.

Später erinnerte er sich, dass alle Spiegel in ihrem Zimmer zugehängt waren, Susannah wollte ihm den Schock über sich selbst ersparen. Die verfilzten Haare, der wilde Bartwuchs, zügellos sprießende Augenbrauen im Gesicht, sein Aussehen war sicherlich kein begehrenswerter Anblick. Er ließ Susannah gewähren, sie nahm seinen Bart ab und entfernte alle störenden Härchen um Augen und Ohren.

„Perfekt. Abtrocknen darfst du dich alleine. Denk dran, den Föhn brauchst du erst mal nicht", sie schenkte ihm ein feixendes Lächeln. „Das Bad mache ich hinterher sauber. Jetzt versorge ich erstmal unseren kleinen Kratzer."

Den nächsten Tag verbrachte Luke im Hotelzimmer. Halbwach, von kleinen Schlafattacken eingeholt, blieb er in ihrem Zimmer. Susannah gab den geliehenen Langhaarrasierer an der Rezeption zurück und verließ für einige Besorgungen das Hotel. Mit zwei Einkaufstüten beladen kehrte sie zurück. In den frühen Morgenstunden gab es eine große Diskussion, Luke fühlte sich stark und fit, lehnte ihr Angebot, ihn ins Krankenhaus zu bringen, partout ab. Er merkte bald, dass es ein trügerisches Gefühl war, eine tiefe Müdigkeit steckte überall in seinen Knochen. Er sprach es nicht direkt an, aber er wusste nicht, wohin mit Pea. Deswegen lehnte er immer wieder aufs Neue ihr Angebot ab.

Er erzählte Susannah, wie unerwartet der Bodendeckel zuschnappte, wie es ihm nicht gelang, diesen von unten aufzustoßen. Die schleimigen Gesellen, die ihn in den Keller zwangen, verschwieg er. Er konnte nicht einschätzen, wie gefährlich sie waren. Er wollte weder die Polizei hier haben, noch Susannah unnötig damit hineinziehen. Susannah ihrerseits ließ sich teilweise genauso wenig in ihre Karten schauen.

„Können wir für heu... te..."

Susannah sah ihn sprachlos an, abermals schlief er mitten im Satz ein.

„Komm her, schau dir deinen Kumpel an“, bei diesen Worten griff sie nach Pea, holte ihn aus seiner Box auf ihren Schoß. Gegenüber am Tisch schlief Luke mit hängendem Kopf. Ihre Hand kraulte Peas Fell.

„Sieht doch ganz hübsch aus mit seiner Glatze. Ich habe ungeahnte Talente. Jetzt muss ich ihn noch ins Krankenhaus bugsieren, bevor ich meine Heimreise plane. Die morgige Flugverbindung wäre definitiv zu früh gewählt, ich kann ihn jetzt nicht allein lassen. Ich hänge noch vier Tage dran, weißt du.“ Sie kraulte hinter Peas Ohren und dieser nickte weise mit seiner Bärchennase zu ihr zurück.

Das waren interessante Informationen, dachte Luke im Halbschlaf. Er stellte sich weiter schlafend, um eine ideale Lösung für alle Beteiligten zu finden. Seine Überlegungen wurden, immer mal wieder, von kleinen Tiefschlafphasen unterbrochen. Nach der langen Zeit im Keller fehlte ihm die Kontrolle über sich selbst. Am späten Nachmittag hatte er einen Plan entwickelt.

„Okay, du darfst mich morgen ins Krankenhaus bringen. So früh wie möglich, damit du anschließend deinen Rückflug erreichst“, ging Luke bereitwillig auf ihr Angebot ein.

„Woher weißt du... Bist du sicher? Ich müsste bereits 9:00 Uhr am Schalter sein. Ich kann aber wirklich länger hier bei dir bleiben. Wir müssen das nicht überstürzen.“

„Du hast genug für mich getan. Ich werde euch bald mal besuchen, dann lade ich euch ein und wir feiern gebührend meine Wiederentdeckung. Stell' schon mal den Sekt kalt. Bitte tue mir den Gefallen, fliege morgen zurück und genieße deinen restlichen Urlaub gemeinsam mit Marius.“

„Und Pea?“

„Da habe ich eine Idee, allerdings müssten wir frühmorgens das Hotel verlassen. Richtig früh. Gegen vier Uhr müssten wir abfahren.“

„Kein Problem, dann frühstücken wir unterwegs irgendwo eine Kleinigkeit.“

Susannah wählte die Nummer der Fluggesellschaft und buchte ihren Rückflug am Telefon, bezahlte Online die Rechnung und erhielt wenige Minuten später ihre Bestätigungsnachricht inklusive Sitzplatz Check-in. Sie hatte Glück gehabt und einen Fensterplatz bekommen. Luke spielte derweil mit Pea, blickte kurz zu ihr auf und nickte ihr zu. Ihm ging es ein bisschen besser.

Susannah ging hinunter ins Foyer bezahlte ihr Zimmer und buchte, wie abgesprochen, für eine Woche das Zimmer auf Lukes Namen. Das war erledigt, die restliche Zeit konnte sie entspannter angehen.

Während ihrem gemeinsamen Abendessen packte sie ihren Koffer, knuddelte so oft es ging den keinen Kratzer. Luke zeigte ihr den Armreif, erzählte lebhaft von dem darin schlummernden Glutkorn. Obwohl sie im Zimmerlicht nichts davon sah, steckte seine Begeisterung sie an. Susannah nahm den Zufallsfund in die Hand und drehte ihn ins Licht. Versuchte ihr Glück unter der Badezimmerlampe, mit Reflektionen im Rasierspiegel probierte sie sein Geheimnis zu enthüllen. Dem Rotgültigen Erz ließ sich kein weiteres rotes Funkeln entlocken.

Draußen herrschte dunkle Nacht, als sie frühmorgens das Hotel verließen. Sein Handgepäck für einen vermeintlich kurzen Krankenhausaufenthalt lag auf der Rückbank. Der überwiegende Teil seiner Sachen blieb im Hotelzimmer zurück. Er lotste Susannah aus der Stadt. Im Vergleich zu gestern ging es Luke wesentlich schlechter. Er verbarg seine Erschöpfung so gut es ging, damit sie nicht ihre Rückreisepläne änderte. Jedenfalls war er froh, dass sie ihn zu dem Krankenhausaufenthalt überredet hatte.

„Da vorn kannst du links abbiegen."

„Ich muss aber nicht tanken. Der Sprit reicht locker für beides – dich im Krankenhaus abzuliefern und zum Flughafen zu fahren."

„Wir liefern den kleinen Kratzer hier ab."

„In der Route 66 ?"

„Hallo junger Freund, was führt dich zu so früher Stunde zu mir? Mein Kaffee hat einen guten Ruf in der Stadt, aber so gut auch nicht", begrüßte ihn ein gutgelaunter Tashi hinterm Tresen stehend.

„Kaffee wäre gut, Tashi. Machst du bitte zwei. In der Tat möchte ich dich um einen Gefallen bitten. Susannah, meine beste Freundin fliegt heute zurück."

„Hallo Susannah. Namaste", wandte er sich aufmerksam zu ihr.

„Namaste Tashi", gab sie freundlich zurück.

„Ich müsste heute kurz ins Krankenhaus. Nichts

schlimmes nur ein kleiner Check."

„Verstehe, ganz normal", spielte Tashi zwischen den Zeilen lesend mit.

„Würde es dir etwas ausmachen, für die Zeit mein Murmeltier in Pflege zunehmen? Heute Abend spätestens Morgen hole ich ihn wieder ab."

„Natürlich, gerne tue ich dir den Gefallen. Auf Tiere verstehe ich mich, ein Murmeltier hatte ich allerdings bisher nicht. Hat es einen Namen?"

„Pea. Du brauchst nur einen Eckplatz für seine Kühlbox zu finden. Er ist es gewohnt darin längere Zeit zu warten. Susannah hat hier im Karton das nötige Futter für ihn zusammengestellt."

„Pea! Verstehe, wegen der Ähnlichkeit ihrer Nasen.", ergänzte Tashi, der auf seinen zahlreichen Reisen viel Wissenswertes aufgesammelt hatte, das er zu jeder Zeit abrufen konnte.

„Nicht nur deswegen. Die Geschichte dazu erzähle ich dir später. Wir müssten langsam los zum Flughafen."

„Susannah, war mir eine Freude. Gute Rückreise. Ich passe gut auf dein Bärchen auf, Luke. Nimm dir die nötige Zeit, ich bin hier, laufe nicht weg."

Pea wanderte von einem Arm zum anderen, stets gedrückt und gekrault. Er genoss diese Zuwendungen, schaute mit seinen treuen Augen in die Welt, die sich für ihn aus einer Schublade startend jeden Tag neu zeigte. Im Vergleich zu seinen Artgenossen war er viel herumgekommen. Dieser Ort war anders, Pea nahm den Benzingeruch wahr, der dauerhaft in der Luft hing, unangenehm aber er hatte sich mit ganz anderen Umständen arrangiert. Heute blieb er bei dem offenherzigen Mann, der hatte seinen Bau gut hergerichtet.

Auf dem Weg zum Wagen sprach Susannah ganz begeistert über den alten Tashi und seine Tankstelle, die vielmehr ein bunter Spiegel der Erde war. Ein Weltenbummler durch und durch, sie bereute es, nicht mehr Zeit für ein Gespräch mit Tashi zu haben.

„Es gibt Menschen die geben einem vom ersten Moment an ein vertrautes Gefühl. Tashi ist so einer."

„Da hast du Recht, Susannah", stimmte Luke ihr zu.

Klackend flogen die Autotüren zu. Sie bogen auf die Zufahrtstraße ein und kamen zügig voran, die Stadt schlief noch, der geringe Verkehr verursachte keine der gefürchteten spontanen Stauungen, die während der Hauptverkehrszeiten oftmals entstanden.

Susannah parkte ihren Flitzer in der Kurzparkzone am Krankenhaus. Sie begleitete Luke bis ins Aufnahmezimmer, wo er eine Nummer zog, vier Patienten waren vor ihm an der Reihe.

„Susannah nochmals Danke, dass du so selbstlos gekommen bist. Ich bin unfassbar glücklich und dankbar dafür."

„Musste ich einfach tun. Ich nehme deinen Dank an. Ich hoffe du verzeihst mir wegen der Glatze."

„Glatze? Welche Glatze", scherzte er zurück.

„Schade dass ich so kurzfristig abreise. Ich hätte dich heute gerne unterstützt."

„Ich weiß. Mach dir keine Sorgen um mich. Nach meiner unfreiwilligen Zeit im Keller kann ich mir vorstellen, demnächst am Stück für ein halbes oder ganzes Jahr nach Hause zu kommen, dann planen wir unsere große Wiedersehensparty."

„Das machen wir. Tschüss."

Sie stoppte kurz an der Tür, holte Handspiegel und Lippenstift heraus, zog ihre Lippen nach und verließ zurückwinkend das Aufnahmezimmer. Luke lächelte innerlich, Susannah ging es wieder gut.

Die Fahrt zum Flughafen verlief ohne weitere Verzögerungen. Susannah gab routinemäßig ihren kleinen Flitzer bei der Autovermietung zurück. Reibungslos verlief auch die Gepäckaufgabe, dann stand Susannah in der langen Einstiegsschlange vor dem Flieger.

Vier Stewardessen, jeweils an einem Gang postiert, lotsten die Gäste zu ihren Sitzplätzen. In Stop-and-Go-Wellen erreichte jeder seinen Platz. Susannah saß an ihrem Fensterplatz, anschnallen wollte sie sich später auf dem Rollfeld. Sie aktivierte eben den Flugmodus ihres Smartphones, da piepte es. Eine neue Nachricht, eine zweite, dritte, vierte purzelte herein. Liv schrieb ihr. Detektivin Liv hatte sie völlig vergessen.

Luke hatte bisher ihre ganze Aufmerksamkeit bekommen. Für Susannah war es eine Gratwanderung gewesen, seinen Wünschen nachzugeben, aus medizinischer Sicht hätte Luke direkt ins Krankenhaus gemusst. Zum Glück hatte er keinen Kreislaufkollaps erlitten oder andere gesundheitliche Probleme bekommen. Bilder von Luke in der Badewanne tauchten auf, er sah nicht uncool aus, vielleicht bekam sie Marius dazu, sich probehalber eine Glatze zu rasieren. Würde bestimmt heiß aussehen, malte Susannah sich aus.

Liv schrieb ihr eine lange Entschuldigung, dass sie sich nicht früher gemeldet habe. Sie müsse viele Fragen beantworten, pendelte fast täglich zwischen ihrem Büro und der Stadt hin und her. Jetzt sitze sie wieder im Flieger, nutze den Moment, um ihr zu schreiben. Versicherungsbüro, Museum, Gericht und Polizeibehörde würden sie im Laufschritt von einem zum anderen schicken. Bisher hatte sie es geschafft Susannah aus den Ermittlungen herauszuhalten. Es bliebe ein Spagat, der Behörde eine glaubhafte Verbindung zwischen ihrer Bürotätigkeit und Corvin zu liefern. Der ermittelnde Kommissar hakte bei diesem Punkt immer wieder nach. Sie hatte sich immer im letzten Moment auf die Lippen gebissen, dass ihr nicht der Name ihrer Assistentin entschlüpfte.

Die Maschine ruckelte, sie wurde vom Terminal zurück auf das Rollfeld geschoben dort übernahm der Pilot den Flieger und rollte Richtung Startbahn. Susannah klappte ihr Mobiltelefon zu, schnallte sich an und folgte der Sicherheitsunterweisung. Ihr Sitznachbar suchte hektisch im Entertainmentsystem nach den neusten Filmen, wählte alle Kanäle an. Vergeblich, das System blieb während des Startvorgangs gesperrt. Dieser Hinweis erschien in drei Sprachen auf dem Display, was er jedoch ignorierte. Glücklicherweise schritt seine Frau zu seiner rechten ein, beendete mit einem Kuss sein Suchspiel, nahm seine Hand in die ihre. Die Triebwerke fuhren hoch, drückten gegen die stehende Maschine. Gleich ging es los, der Tower erteilte die Freigabe. Die Maschine beschleunigte, loses Handgepäck klapperte munter in der oberen Ablage. Nach oben zog die Flugzeugnase, drückte die Passagiere in ihre Rückenlehnen, die Geräusche in der Ablage wurden leiser. Auf halbem Weg ertönte surrendes Seilwinden-Gesumme, das Fahrgestell zog ein, bis sie ihre Flughöhe erreichten.

Auf Reisehöhe wartete sie, bis die Stewardessen das erste Bordessen abräumten, danach klappte sie ihr Tischbrettchen in die vordere Sitzlehne und streckte ihre Beine zur Entspannung aus, das heißt Susannah rutschte leicht in der Rückenlehne hoch, damit sie eine kleine Streckung erreichte. Ihre beiden Sitznachbarn schauten derweil den zuvor pausierten Spielfilm weiter an.

Susannah las Livs weitere Nachrichten.

„Der arme Marf war völlig von der Rolle, er hatte fürchterliche Gewissensbisse, da nur durch seine Schuld der Schlüssel kopiert werden konnte. Unentwegt wiederholte er die Geschichte, wie er den Schlüssel unabsichtlich verbog sowie die anschließenden Folgen in allen Einzelheiten. Er kannte nur dieses Thema. Entsprechend vage blieben seine Antworten, da er jedes Mal abschweifte um auf sein Missgeschick hinzuweisen. Die Polizei gab recht schnell auf, Marf tiefergehend zu befragen. Er war darüber hinaus sehr bekümmert, dass er sicherlich bald seinen Job im Museum verlieren würde. Bei passender Gelegenheit habe ich ihn beiseite genommen und sicherte ihm meine Unterstützung zu, ihm zu helfen und notfalls ein gutes Wort bei der Museumsverwaltung einzulegen. Ich habe wohl die richtigen Worte getroffen, danach war ich für ihn der wunderbarste Mensch überhaupt auf der Welt. Aus seiner Sicht, verscheuchte ich in dem Moment, strahlend und leuchtend, seine schlimmste Sorge. Ich glaube er wusste gar nicht mehr, dass wir anfänglich zu zweit waren.

Corvin hatte den Museumseinbruch gut vorbereitet, du wirst es nicht glauben. Aufgrund von Restaurationsarbeiten oder als Leihgabe zu Sonderausstellungen werden zeitweilig Bilder in den Ausstellungsräumen abgehängt. Corvin horchte seinen Nachbarn Marf aus, wie diese Wechsel im Alarmsystem abgelegt werden. Es ist nicht schwierig, das Personal schaltet zuerst das innere Alarmsystem aus, der verantwortliche Leiter lässt das Bild abhängen, die Anlage wird erneut eingeschaltet. Fertig. Das Alarmsystem erkennt die aktivierte Drucksensorik, fehlt ein Bild fällt es automatisch aus dem System raus und wird durch eine Verkopplung automatisch ins Nachtsystem integriert. Ein offizieller Austausch von einem Bild erfolgt außerhalb der Besucherzeit, jeder Raum ist in solchen Momenten mit zwei Wachleuten besetzt, somit sind dann alle Vorschriften erfüllt. In den Wochen vor dem Diebstahl ließ sich Corvin mehrmals im Museum einschließen, er versteckte sich im Toilettenbereich. Abends schlich er durch das Museum, suchte den passenden Ausstellungsraum zu seiner Schlüsselkopie.

Morgens zwischen 9:00 Uhr und 10:00 Uhr trafen Kato und Joris ein. Kauften drei Eintrittskarten. Ein Ticket steckten sie im Toilettenraum heimlich Corvin zu. Unauffällig hielten sich beide in der Ausstellung auf bis Kato zur Toilette zurückkehrte und kurz darauf mit Corvin das Museum verließ. Joris folgte ihnen dreißig Minuten später. Wenn zufällig eine größere Besuchergruppe eintraf, nutzten sie das Gewimmel aus und verschwanden innerhalb der nächsten fünf Minuten aus dem Museum.

Gut versteckt beobachtete Corvin die morgendliche Routine im Museum. Die Wärter schlossen morgens die Außentür auf, gingen zum Schrank hinter der Kasse und schalteten dort das Alarmsystem erneut ein, bevor sie weitere Türen öffneten.

Corvin folgerte daraus, dass die Wärter, in Kombination mit der Außentür, kurzzeitig die Alarmanlage ausschalten mussten, um das Museum zu betreten.

Er hatte für sich ein Zeitfenster von zwölf bis fünfzehn Sekunden ermittelt, in dem die Alarmanlage aus war. Eventuell konnte er zwei bis fünf Sekunden aufschlagen die das System benötigte bevor es alle gesicherten Objekte erkannte. Seine Wahl fiel auf ein in Türnähe hängendes Gemälde im Ausstellungsraum.

Die Schwachstelle auf der Damentoilette, für ihn ein Glücksfall, entdeckte er zufällig. Eines Abends zog ein kühler Nachtwind durch die Eingangshalle, als Ursache dafür fand er das gekippte Oberlichtfenster auf der Damentoilette. Daraufhin änderten sie ihren ursprünglichen Plan, der ein Entkommen durch das Fenster auf dem Herren-WC vorsah.

Wie gewohnt ließ er sich abends im Museum einschließen. Nach der ersten Nacht wartete Corvin am frühen Morgen am Fuße der Wendeltreppe, bis der Wärter die Klinke der Außentür niederdrückte. Er lief hoch in die erste Etage zum Ausstellungssaal, kippte das Bild an, klebte dort zwei Abstandshalter hinter den Rahmen. Daraufhin schlich er die Treppe hinab, mogelte sich in sein Versteck zurück und verließ später mit Kato das Museum.

In der zweiten Nacht nahm er das Gemälde von der Wand und reichte es durch das Oberlicht hinaus zu Kato und Joris. Die beiden brachten es aus dem Museumviertel, Corvin platzierte sich in die Nähe vom Fenster des Herren-WCs. Kato alarmierte die Polizei, er behauptete Licht im Museum zu sehen. Während er den Hörer auflegte, fingerte er die Einweg-Telefonkarte aus dem Gerät und warf sie in den Abwasserkanal.

Als Polizei und Rettung am Museum eintrafen, passte Corvin den richtigen Moment ab: bei ausgeschalteter Alarmanlage, stieg er aus dem Fenster. Dass er dort zufällig in die Arme eines der eintreffenden Polizisten geriet war nicht zu erwarten. Nur ein kleines Restrisiko im Vergleich zu ihrem ersten Plan, der vorgesehen hatte, ohne Vorwarnung das Museum samt Gemälde durch die Herrentoilette zu verlassen. Die Außenbeleuchtung hätte ihren Fluchtweg taghell bestrahlt. Der ausgelöste Alarm hätte trotz des Überraschungsmoments ein unbemerktes Entkommen erschwert.

Der neue Plan half ihm ohne großes Aufsehen zu erregen das Museumsviertel zu verlassen. Corvin stieß zu seinen Komplizen und sie brachten das Gemälde in seinen Keller. Die engmaschige Überwachung des Personals und somit auch Corvins Wohnhauses hatten sie befürchtet.

Alle drei verhielten sich merkwürdig bedeckt bei der Frage, warum sie ihr Diebesgut nicht sofort, bevor die ersten Straßensperren standen, weit außerhalb der Stadt versteckten. Jede Nachfrage ließen sie einhellig unbeantwortet, bei all ihrer Cleverness verstand niemand diesen Leichtsinn. Zum Glück für uns natürlich. Der Prozess geht in die letzte Runde und schließt demnächst bei Gericht ab. Liebe Susannah, genieße deinen Urlaub. Liebe Grüße Liv.“

Zufrieden mit sich legte Susannah ihr Smartphone beiseite, das war eine aufregende Zeit gewesen, zusammen mit Liv den Diebstahl aufzuklären. Sie freute sich auf Zuhause und auf Marius, ihm hatte sie viel zu erzählen! Womit würde sie anfangen, sollte sie die Geschehnisse in kleine Etappen unterteilen? In solchen Gedanken versunken schlummerte sie langsam ein.

„Flughöhe 10 000 Meter. Wetterbedingungen: gute Sicht bei leichter Bewölkung. Unser Ziel wird in der angegebenen Zeit erreicht. Voraussichtliches Wetter am Zielflughafen: trocken bei etwa 17 Grad Celsius. Sie haben die Möglichkeit an Bord einzukaufen, bitte sprechen sie unser Personal an“, der Co-Pilot beendete seine Durchsage, aber das hörte Susannah bereits nicht mehr.

***

„Hallo, ich bin wieder zurück. Da geht man einmal ins Krankenhaus und die behalten einen gleich für drei Tage dort", begrüßte Luke seinen Freund Tashi.

„Dann war es wohl nötig. Deinem kleinen vierbeinigen Freund geht es gut."

Tashi bat ihn, einen Moment zu warten. Lukes Blick fiel auf den Zeitungsständer. In großer Aufmachung wurde über den Einbruch im Museum berichtet, der mit der gestrigen Urteilsverkündung endete. Die drei Diebe auf den Abbildungen erkannte er sogleich. Für Luke gab es weiter nichts zu tun. Er hatte ohnehin keine Beweise, die er der Polizei hätte mitteilen können. Er war mit dieser Entwicklung der Dinge zufrieden, ein erneutes Zusammentreffen mit den dreien war für lange Zeit ausgeschlossen.

Tashi kassierte den letzten Kunden ab, dann schloss er vorübergehend seine Tankstelle. An der Einfahrt zu den Tanksäulen stellte er ein Schild auf ‚Wartungsarbeiten – vorübergehend geschlossen'.

„So mein junger Freund, jetzt haben wir ein wenig Zeit. Dein kleines Murmeltier ist putzmunter. Ich habe ihn aus der Kühlbox geholt, im Nebengebäude hat er als Ersatz

einen kleinen Raum für sich auf dem Dachboden bekommen."

Mit diesen Worten verließen sie das Tankstellenhäus-
chen. Luke berichtete von den Ereignissen im Spinnweben-Haus, welche Rolle Susannah spielte und wie froh er
über Tashis Hilfe war. Über eine schmale Stiege gelangten
sie auf den Dachboden, jeder hatte einen Stuhl in der
Hand und Tashi die eine oder andere Karte. Vorsichtig
öffnete Tashi die Tür, das ungenutzte Zimmer war gut
einsehbar. Nur wenige Dinge lagerten darin und diese
waren am Rande des Raumes abgestellt, zusätzlich mit
Decken zugehängt damit sie nicht direkt einstaubten.

Zwei am Boden liegende Holzkisten und ein alter
Stoffball zählten sicherlich nicht zum normalen Mobiliar,
diese waren für den kleinen Kratzer bestimmt. Pea hob
sofort sein Köpfchen an, mit schnuppernder Nasenspitze
voran lief er auf sie zu. Sie setzten sich und Pea sprang
über Lukes Schoß weiter auf seine Schulter.

„Du hast die Feder bemerkt", knüpfte Tashi an ihr vor
der Stiege unterbrochenes Gespräch an, „durch einen
Zufall bin ich damals über Indien nach Nepal gekommen.
Die Menschen, ihre Lebensweise, die atemberaubende
Natur hat mich nachhaltig angesprochen. Vor allem die
gewaltigen Berge und Bergketten waren sehr beeindru-
ckend, trotz ihrer Härte und Massigkeit erschienen sie mir
als sanfte Riesen. Bis weit über viertausend Höhenmeter
reichen ihre grünen Wiesen und Weideflächen. Ich lernte
mit wenig auszukommen, du kannst dir nicht vorstellen

wie belebend Ingwertee wirkt. Und ohne Tee ist man zufrieden, wenn einem ein Becher heißes Wasser angeboten wird. Wenn dein heißes Wasser mit einem Schuss Zitronensaft aufgebrüht wird, werden es zugleich wahre Glücksmomente."

„Ich werde die Berge Nepals auf meine Liste nehmen und es ausprobieren.", gab Luke zurück.

„Ein ganz anderes Paradies ist Isabela", Tashi zeigte die Insel auf seiner Weltkarte, „eine einzigartige Landschaft, mit wandelbaren Tieren von anthrazit-schwarz bis hin zu lebhaftem pink, die zwischen Vulkanen wohnen. Ich will dir nicht zu viel verraten, schau sie dir lieber an und danach reise nach Neuseeland, dort findest du unsere Erde komprimiert auf zwei Inseln wieder. Ein Spaziergang am Strand im seichten Wasser ist ein Genuss. Sei nicht überrascht, wenn junge Seehunde in ihrem eigenen Spiel vertieft durch deine Beine schwimmen und dich umwerfen. Sie haben dort, wie auch auf Isabela, ältere Strandrechte.

Was ich dich mal fragen wollte, woher hast du die kleinen Narben auf deiner Hand? Sieht mir nicht nach einer typischen Abschürfung aus, die ihr euch bei euren Ausgrabungen zuzieht"

Luke erzählte ihm wie der kleine Kratzer seinen eigenen Namen dort hinterlassen hatte. Tashi war sehr angetan von dem ungewöhnlichen Zusammentreffen, verstand jetzt erst Recht die tiefe Vertrauensbasis zwischen Luke und Pea.

Tashi war weit gereist, mit offenen Augen hatte er die Welt für sich erschlossen. Seine Wege kreuzten die Rocky

Mountains sowie das Matterhorn bei Zermatt. Er mochte die Windungen der türkisblauen Soča, schwärmte vom gewellten Schlicksand und der Weite im Wattenmeer. Die Stunden vergingen wie im Flug. Erst gegen Abend erreichte Luke sein Hotel, ein Taxi holte ihn von der Route 66 ab.

Pea blieb in seiner Box im Hotelzimmer, Luke unternahm einen kleinen Abendspaziergang. Nach dem langen Sitzen brauchte er Bewegung. Er schlenderte umher, bog ziellos in Richtung Parkanlage ab, sog die klare Luft ein. Bäume und Strauchwerk säumten seine Wege, führten ihn an Grünflächen vorbei. Er beobachtete die Einheimischen bei ihren Wurfspielen, hörte ihren Plaudereien auf den Parkbänken zu.

„Das gibt es doch nicht! So, ein Zufall?", dachte Luke. Nicht weit von ihm entfernt, stand eine ihm bekannte Person. Er setzte bereits an seinen Arm grüßend zu erheben und zu rufen, da bemerkte er die Blumen in dessen Hand. Die Person blickte erwartungsvoll zu einer anderen Person. Die mit, in leichten Wellen, wippenden Haaren in freudiger Aufgeregtheit näher kam. Luke ließ seinen Arm wieder sinken.

„Schau an, wer hätte das gedacht?", sinnierte Luke, „ich störe jetzt lieber nicht mit alten Camper Geschichten." Er sah noch wie Lian seine Herzensdame drückte, bevor die beiden Arm in Arm eingehakt verschwanden.

Luke setzte seinen Spaziergang fort. An einer Abzweigung hielt er sich rechts. Sein Seitenweg war beidseitig von einer meterhohen Hecke gesäumt und führte geradlinig zu einem Springbrunnen, wo sich sternförmig mehrere Wege trafen. Zu dieser späten Stunde waren die Düsen abgestellt, im Brunnenbecken stand das Wasser nahezu still. Einige Einheimische saßen vergnügt auf dem Beckenrand und ließen gelegentlich ihre Hände durchs Wasser gleiten. Meistens um mit der nassen Hand ihren gegenüber sitzenden Partnern, dabei lachend, einige Wassertropfen ins Gesicht zu spritzen.

Vom Brunnen aus lenkte Luke seine Schritte auf einen schmalen Pfad, der sich zwischen den Bäumen durch-schlängelte. Mit einem „warum nicht" kehrte er ein. Er stand dort an der Hotelbar, bestellte gerade ein Glas Rotwein, als ein lang vermisster Duft ihn erreichte. Bevor er sich zum Eingang umdrehte, wusste er, dass sie es war.

() Pea [Maori]: Bär

() Danphe, Glanzfasan: Nationalvogel Nepals